KUNTOSALIMURHAT

Caj C. Tavutlammi
KUNTOSALIMURHAT

© 2021 Caj C. Tavutlammi
Kustantaja: BoD – Books on Demand, Helsinki, Suomi
Valmistaja: BoD – Books on Demand, Norderstedt, Saksa
ISBN: 978-952-80-4838-1

1

Helsingin Vanhan kirkon urut alkoivat kumista, sävelet kaikuivat kivisistä seinistä uhkaavina, silti selvästi surumielisinä, ja jokainen paikallaolija tunnisti Albignonin Adagion harmonisen ja haikean tunnelman. Kirkko oli tupaten täynnä, jopa parvet pullistelivat väkeä kuin markkinoilla konsanaan, myös ulkopuolella parveili saattoväkeä, huolimatta keväisen lauantaipäivän pienoisesta pakkasesta. Mukaan oli eksynyt kenties myös uteliaita ihmettelemään, että ketähän merkkimiestä nyt saatetaan. Kysymys olikin aiheellinen, sillä Vanhan kirkon kautta olivat useat kansakunnan kaapinpäällä olleet lähteneet viimeisellä matkalleen kohti suurta tuntematonta. Näiden joukossa oli ollut sekä valtiomiehiä kuten K.A. Fagerholm ja Johannes Virolainen, taiteiden edustajia kuten Alvar Aalto ja Erkki Melartin sekä urheilijoista Paavo Nurmi. Vanha kirkko sijaitsi aikaisemman hautausmaan, niin sanotun ruttopuiston päällä, ja aivan kuten suuren osan Helsingin ydinkeskustaa sen oli suunnitellut saksalainen arkkitehti Carl Ludvig Engel.

Kuulijoista jotkut olivat aidosti liikuttuneita, lähinnä kirkkopenkkien eturivissä majailevat, osa taas oli enemmänkin vain läsnä, jotkut jopa vilkuilivat kelloaan aivan kuin heillä olisi kiire pois. Saattoväen joukosta erottui tuttu hahmo, iso miehen köriläs, vierellään viehko keski-ikäinen nainen. Mies oli Kirmo

Vakava, ja hän näytti nimensä mukaisesti sangen vakavalta, jopa surulliselta. Hänen suunsa liikkui aivan kuin hän olisi halunnut sanoa jotakin, niin kuin halusikin. Hän tahtoi huutaa: "Tämä ei voi olla totta. Tämä ei saa olla totta! Olit ystäväni, miksi sinun täytyi kuolla?"

Kovapintaisen rikoskomisarion tunnekuohun aiheuttaja oli arkussa makaava mies, jonka hän oli tuntenut hyvin kauan ja hyvin läheisesti. Vaikka heidän väleihinsä oli raapaistu pieni särö viimeisimmän murhajutun yhteydessä, olivat sekä Kirmo että myös vainaja tehneet Canossan matkan, ja he olivat perusteellisesti selvittäneet yhdessä ja kumpikin osaltaan Moraalinvartija-järjestöön liittyneet tapahtumat.

Arkussa makaava mies oli Veikko Viitala, arvostettu suomalainen yritysjohtaja, joka oli menehtynyt äkillisesti parisen viikkoa sitten. Kuolema oli tullut täytenä yllätyksenä aivan kaikille, myös Kirmolle, sillä Veikko, huolimatta kiireisestä yritysjohtajan elämästä, oli aina pitänyt hyvää huolta sekä fyysisestä että henkisestä kunnostaan. Hän oli kuitenkin ollut vielä nuori mies ja erinomaisessa kunnossa, viettänyt säännöllistä elämää ilman terveyttä verottavia paheita, tupakointia tai ryyppyreissuja.

Kirmo pohti suhdettaan Veikko Viitalaan sekä tämän suurenmoista luonnetta ja elämänfilosofiaa. Veikkoon soveltui erinomaisesti vanha Publilius Syruksen ajatus:

Virum bonum natura, non ordo facit.
Ei miehestä tee kunnollista asema vaan luonne.

Eli miehen luonne ratkaisee miehen kunnollisuuden, eivät mitkään ulkoiset seikat kuten asema tai varallisuus.

Veikko oli Kirmon mielestä ollut mies parhaimmasta päästä, ehkäpä jopa parhain hänen tuntemansa. Tämän vuoksi Kirmon suru oli aito ja syvä, ja hän koki menettäneensä yhden ainoalaatuisista keskustelukumppaneistansa, jotka olivat antaneet elämälle sisältöä.

Urkujen pauhun loputtua kirkkoherra aloitti oman osuutensa, jota Kirmo ei välittänyt kuunnella, sillä hän tiesi, että harvoin missään valehdellaan niin paljon kuin siunaustilaisuudessa tai merkkipäivillä. Keventääkseen synkkää mielialaansa Kirmo palautti mieleen, mitä nimenomaan Veikko oli kertonut sanoneensa 60-vuotisjuhliensa korupuheiden pitäjälle: "Kiitos sanoistasi, mutta en ole puoliksikaan niin viisas kuin kerroit, mutta en myöskään puoliksikaan niin tyhmä kuin ajattelit."

Kirmoa alkoi hymyilyttää, mutta hän piti naamansa peruslukemilla ja antoi syvien mietteiden viedä. Miten ihmeessä Veikko oli voinut saada vesikauhun, joka yleensä tarttui vain eläimen puraisusta tai avohaavan nuolaisusta? Mikä kummallinen otus Veikkoa oli oikein puraissut? Minkäänlaisia merkkejä puraisuista ei ollut kuitenkaan löytynyt.

Välittömästi diagnoosin selvittyä Kirmo oli täydentänyt tietojaan vesikauhusta eli raivotaudista. Hänelle selvisi, että nimitys vesikauhu johtui siitä, että jos taudinkantaja koetti juoda vettä tai muuta nestettä, nielun lihakset kouristuivat kivuliaasti, ja tämän vuoksi nesteen nauttiminen oli lähes mahdotonta. Vesikauhu ei ilmennyt millään tavalla ennen kuin varsinaiset oireet puhkesivat. Siinä vaiheessa ei tautia enää voitu hoitaa, sillä virus oli jo pesiytynyt aivoihin ja hermojärjestelmään. Taudin kulku riippui paljolti siitä, kuinka lähellä aivoja viruksen tartuntakohta oli – mitä lähempänä, sitä nopeampi oli kuolema, ellei uhri saanut rokotetta. Veikolla tauti havaittiin aivan liian myöhään. Ruumiinavaus ei antanut minkäänlaista lisävalaistusta; poikkeuksellista oli ollut vain pieni pisto lähellä niskaa, ei muuta.

"Olisiko joku antanut Veikolle tappavan tuliaisen, oikean niskalaukauksen?" Kirmo pohti kirkkoherran jatkaessa litaniaansa Veikon hyvistä ominaisuuksista. Kirmokin jatkoi omia muisteloitaan miettimällä, mitä hänen hyvä ystävänsä virologi Syksy Kurttila oli kertonut mahdollisuudesta tartuttaa rabiesvirus tarkoituksellisesti.

"Jep", Syksy oli vastannut Kirmon kysymykseen, "kyllä rabiesvirus voidaan hyvin tartuttaa, jos halutaan ja jos on teknologia. Tarvitset vain elävää virusta, injektioruiskun sekä tilaisuuden, jolloin piikitettävä ei joko huomaa pistosta tai ei välitä siitä. Jos saat uhrin intensiivisen huomion kiinnittymään muualle, niin hän ei välttämättä noteeraa tuollaista pientä pistosta lainkaan. Ja jos uhri antaa sen olla, niin parin kolmen päivän kuluttua on myöhäistä."

Kirmo oli päätynyt johtopäätökseen, että Veikolle oli tarkoituksellisesti tartutettu vesikauhu. Mutta kuka ja miksi? Asialla eivät ainakaan ole olleet kansainväliset kilpailijat. Veikko oli bisneksissä kovanahkainen liikemies, jonka poismenoa kilpailijat tuskin surivat, mutta että murhattaisiin tarkoituksellisesti, se olisi jo oudompaa. Joka tapauksessa tekijällä oli täytynyt olla sekä voimavaroja että pääsy

Veikon lähelle ja vieläpä niin, ettei Veikko ollut osannut epäillä mitään.

Kirkkoherra lopetti osuutensa toimituksessa. Siunauskansa alkoi keräillä itseään kasaan ja pikkuhiljaa poistua kirkosta kohti Savoyssa järjestettävää muistotilaisuutta. Sinne Kirmo ei enää halunnut mennä. Hän kaappasi Virven käsipuoleensa ja he lähtivät astelemaan kohti rautatieasemaa palatakseen junalla Tikkurilaan. Kirmoa suuresti vaivasi tapaus Veikko Viitala, jolla hän nimitti ongelmaansa. Kuka ja mikä kuoleman aiheutti? Ja miksi? Sisällään hän vannoi, että hän selvittäisi Veikon kohtalon. Hän ei luovuttaisi, ennen kuin saisi totuuden selville.

Tapausta ei – ainakaan vielä – käsitelty rikoksena, sillä epäiltiin, että Veikko mielellään metsässä liikkuvana ja metsästystä harrastavana oli saanut viruksen joko metsästyskoirilta tai ehkä lepakolta. Tätä mahdollisuutta tuki myös se, että Veikko oli löydetty kuolleena omalta mökiltään Inkoon saaresta, jonne hän oli vetäytynyt viikoksi pohtimaan sitä, että jäisikö eläkkeelle jo ensi vuonna vaiko vasta kolmen vuoden kuluttua.

"Jos Veikko olisi ollut kotonaan eikä saaressa, olisiko hänet saatu ajoissa hoitoon? Ja miksi hän ei ollut hälyttänyt apua?"

2

Kirmo aukaisi silmänsä ja koetti päästä jyvälle todellisuudesta. Hän oli yöllä nähnyt unta – niin hän kuvitteli – että hänen hyvä ystävänsä Veikko Viitala oli kuollut ja että hän itse oli ollut mukana hautajaisissa. Hänen sydäntään särki, sillä vaikka hän oli tottunut ammatissaan moniin karmeuksiin, niin läheiseksi koetun henkilön poismeno sattui aina syvältä, myös silloin, kun se tapahtui unessa. Kirmo käänsi päätään ja huomasi viereisellä tyynyllä tutut, ihanat kasvot ja kuuli vienoisen kuorsauksen, joka oli Virvelle ominaista. Kirmo mietti, että elämä oli sittenkin melko mukavaa, suruista huolimatta. Hän nousi varovasti ylös ettei herättäisi Virveä ja hiipi olohuoneeseen. Sohvapöydällä näkyi surureunainen kutsu. Se palautti hänen mieleensä: Veikko Viitala todellakin oli kuollut, ja eilen oli ollut hänen siunaustilaisuutensa, johon he olivat osallistuneet. Hän ei siis ollutkaan nähnyt unta.

Mieli herkistyneenä Kirmo huokaisi syvään.

"Niin meille kaikille käy ennemmin tai myöhemmin. On se vaan outoa, kuinka yksinkertaisia me länsimaiset ihmiset olemme. Joka päivä ihmisiä kuolee ja sairastuu, ja silti me kuvittelemme aina, että meille ei voi käydä samoin. Käyttäydymme niin kuin eläisimme ikuisesti."

Löytääkseen helpotusta alakuloonsa hän avasi kannettavan tietokoneensa. Ennen kuin hän ennätti saada eteensä mitään erityistä, kilahti sähköpostin merkkiääni, joka ilmoitti uudesta viestistä. Kirmo klikkasi postin auki. Ei olisi kannattanut, sen hän huomasi heti, sillä hänen eteensä ilmestyi kuin tyhjästä hänen juuri kaipaamansa henkilö.

Ei Kirmoa Veikon kuva olisi häirinnyt, mutta nyt ilmentyneessä muodossa se suorastaan kuvotti. Videossa Veikko näytti olevan kauheiden kouristusten ja kramppien kourissa; karmiva ilme kasvoillaan hän tarttui kurkkuunsa suurella voimalla aivan kuin olisi yrittänyt kuristaa itsensä. Videoleike kesti onneksi vain viisitoista sekuntia, minkä jälkeen näytön alareunaan ilmestyi omituisen näköinen teksti, aivan kuin tietokoneen tekstintunnistusohjelmisto olisi mennyt sekaisin ja ryhtynyt tuottamaan siansaksaa.

Kirmo oli niin ällistynyt, ettei osannut tehdä mitään. Hän istui apaattisena nieleskellen sekä kiukkuaan että suruaan ja tuijotti tyhmänä näyttöä. Hitaasti hänessä asuva kyttä alkoi herätä, ja pienet tontut päässä alkoivat huutaa, että kyseessä oli varmasti jokin elintärkeä viesti hänelle. Mutta mitä ihmeen arameaa tai sanskriittia mongerrus oli? Sen verran hän tajusi, että videonpätkän viesti kannatti tallettaa, silloin hän voisi myöhemmin selvittää, mitä se oikein tarkoitti, jos se yleensä tarkoitti mitään.

Hän kopioi tekstin pikanäppäimellä, tallensi sen nopeasti ja huomasi, että oli osannut vaistomaisesti toimia täsmälleen oikein, sillä muutama sekunti tallentamisen jälkeen teksti hävisi bittiavaruuteen. Sen tilalla näytöllä välähti selkeällä suomen kielellä vain yksi sana: *Hyvästi.*

Kirmo tuijotti tietokonetta hölmistyneenä.

11

Oliko etruskien taiteessa esiintynyt kiusanhenki, nimeltään phersu, löytänyt hänet uhrikseen ja alkanut vaivata häntä? Hän huomasi samassa mahdollisen sanaleikin ja mutisi puoliääneen: "Niinpä niin, taitavat monet pitää nykyisiä persuja samanlaisina kiusanhenkinä kuin etruskit pitivät phersua."

Sen enempää ei nyt ollut aikaa pohtia phersua tai persujakaan, vaan hänen oli selvitettävä tekstin sisältö. Hän siirtyi kirjoituspöytänsä luo, napsautti printteriin virran ja odotti sen lämpiämistä. Viesti kannatti tulostaa varmuuden vuoksi jo senkin takia, että hän voisi kävellä lappu kädessä ja siten virittää aivosolujaan ongelman ratkaisemiseen.

Paperi kädessään hän sitten vaelsi edestakaisin olohuoneessa. Yhtäkkiä mahdollinen ratkaisu välähti kuin salama hänen mieleensä. Kirmo syöksyi kylpyhuoneeseen, nappasi kaapista peilin ja palasi sohvapöydän ääreen. Hän alkoi käännellä lappua peilin edessä kunnes viestin sisältö kirkastui. Lapussa oleva teksti ei ollut arameaa eikä sanskriittia vaan englantia, ja siinä luki, tosin peilikirjoituksena ja vieläpä oikealta vasemmalle:

Tämä oli viimeinen varoitus. Jos et lopeta asioihimme sekaantumista, koet ystäväsi Veikko Viitalan kohtalon.

Lisäksi allekirjoitus: *Suuri Signoria*

Siinä kaikki. Mutta siinä oli tarpeeksi. Nyt Kirmolla oli varma tieto siitä, että Veikko oli murhattu, ja murhan takana oli Moraalinvartijoiden Suuri Signoria. Hän ymmärsi myös, mistä ja miten Veikko oli rabiesin saanut. Se oli istutettu jossain sopivassa tilanteessa, ehkäpä jo ennen lähtöä mökille.

Koska Moraalinvartijoiden säännöt vaativat, että lopullisen tuomion antaa aina Suuri Signoria, joka myös toimeenpanee sen, niin todennäköisesti suomalaiset eivät ole olleet mukana, vaan asia oli hoidettu monikulttuurisin voimin. Olisiko itse Wilhelm Russi ollut piikin antaja? Se ainakin oli Kirmon mielestä varmaa, että vesikauhu oli istutettu Veikkoon injektiolla ja lisäksi sellaisessa tilanteessa, jossa tämä ei ollut osannut epäillä mitään eikä ketään.

Tässä vaiheessa Kirmo ei tietenkään vielä tiennyt, että Suuri Signoria oli päättänyt suoda Veikolle tuskattoman poismenon. Sen toteuttajaksi oli määrätty Wilhelm Russi, joka omasta mielestään oli suuri taiteilija ja viisaampi kuin Suuren Signorian jäsenet. Ja hän halusi pitää huolen siitä, että Suomen Signorian jäsenen, siis Veikon, kuolemalla olisi tehokas pelotevaikutus muihin jäseniin. Siksi Wilhelm oli jakanut Kirmollekin toimittamansa videon myös kaikkien maiden signorioiden jäsenille. Ja oli myönnettävä, kyllä se oli tehonnutkin.

Kirmo antoi itselleen juhlallisen lupauksen:

"Minä saan teidät vielä kiinni, sekä sinut Wilhelm Russi että sinut Herr X, sen kun vain olet suuren Paracelsuksen jälkeläinen, ei se sinua suojele."

Hänen mahdollisuutensa mainittujen roistojen kiinnisaamiseksi olivat hyvin pienet – ainakaan nopeasti se ei onnistuisi, sen Kirmo oivalsi. Mutta sitähän kukaan ei tiedä, mitä kaikkea voi tapahtua, kun vain aikaa riittää. Eikä kukaan muu kuin Kirmo itse oivaltanut sitä, kuinka määrätietoinen ja pitkäjänteinen mies rikoskomisario Kirmo Vakava oikein oli.

3

Viisikymppinen varteva mies istahti jalkaprässiin, sääti painot oikeille kohdille ja alkoi veivata, kuten hän itse hommaa nimitti. Hän oli päättänyt tänään vääntää kunnon treenin ja keskittyä erityisesti alavartaloon ja jalkalihaksiin. Mies teki mittavan määrän toistoja muutaman kymmenen rykäyksissä kerrallaan ja piti noin minuutin tauon sarjojen välillä. Aluksi tekeminen sujui hyvin, mutta neljännen toistosarjan jälkeen hän alkoi puuskuttaa. Nostaessaan katseensa kohti kuntosalin takaosaa hänen silmänsä poimivat koko touhun alullepanijan – henkilön, joka oli syypää hänen tämänhetkiseen ahdinkoonsa. Syypää asteli juuri naisten pukuhuoneesta, vilkutti hänelle iloisesti ja suikkasi suukon, etänä tällä kertaa, ja kääntyi sitten kulman taakse vieden mukavan persauksensa jumppasalin puolelle, jossa oli alkamassa bootylicious-tunti.

"Ainakin tuolla naisella on jumppa tehonnut oikein hyvin siihenkin ruumiinosaan", mies tuumi.

Naisen häivyttyä näköpiiristä mies, rikoskomisario Kirmo Vakava, keskittyi jälleen omaan harjoitteluunsa.

Kun Virve lähes vuosi sitten oli alkanut painostaa Kirmoa kuntosalille ylläpitämään kuntoaan – minkä tuli olla pettämätön poliisikomisarion vaativassa tehtävässä – oli Kirmo aluksi ollut epäröivä.

14

Hän esitti vastaväitteitä ja intti, että oli pärjännyt ilman kuntosalia tähänkin asti ja aikoi pärjätä tästä eteenpäinkin.

Kuntosaliasiassa kävi kuten usein muissakin asioissa, naispuolinen kohtalotar sai tahtonsa läpi, ja Kirmo lupasi ainakin kokeilla. Niinpä he yhdessä riensivät yleensä kolme kertaa viikossa Tikkurilan keskustassa sijaitsevalle Citius-Altius-Fortius -nimiselle kuntosalille treenaamaan. Virve kävi erilaisissa jumpissa ja Kirmo puolestaan treenasi lihaksiaan, toisinaan souti tai pyöräili vahvistaakseen hapenottokykyään. Tätä ihanuutta oli kestänyt yli kahdeksan kuukautta, ja yllätyksekseen Kirmo oli havainnut alkavansa jopa kaivata salirääkkiä, joksi hän sitä kutsui. Jo tämänkin lyhyehkön ajan perusteella hän oli huomannut muutaman hyvän puolen, joista yksi oli se, että unenlaatu oli parantunut selvästi. Toinen oli painon sopeutuminen Kirmon mielestä hyvälle tasolle. Virvekin oli kehunut Kirmon kehittynyttä habitusta.

CAF-kuntosali oli Kirmon mielestä erinomainen kaikin puolin; siellä oli tarpeeksi kuntolaitteita jokaista lihasryhmää varten sekä ensiluokkaiset mahdollisuudet soutuun ja kuntopyöräilyyn. Yrityksen henkilökunta, joka koostui etupäässä nuorista naisista ja miehistä, oli todella ystävällinen ja mukava, ja Kirmo koki olevansa aina tervetullut. Salilla käynnistä oli tullut osa hänen elämäänsä, ja hän oivalsi, kuinka suurenmoisen palveluksen Virve hänelle oli tehnyt, kun oli patistanut hänet mukaan. Virve, joka oli käynyt saman kuntokeskuksen jumpissa jo useamman vuoden ajan, oli todella mielissään sekä

15

omasta puolestaan että myös siitä, että Kirmo oli niin hyvin omistautunut salielämälle.

Pikkuhiljaa Kirmo oli alkanut tutustua Citius-Altius-Fortius -salin työntekijöihin, ei välttämättä mitenkään syvemmin, mutta tottuneena ammattinsa vuoksi ihmisten käyttäytymisen seuraamiseen hän havainnoi henkilökunnan toimintaa. Kirmon muhkea olemus herätti työntekijöiden, varsinkin naispuolisten ja nimenomaan muutaman hieman kypsemmän ikäisen naisen kiinnostuksen.

Erityisesti eräs personal trainer ja ryhmäliikuntatuntien vetäjä tunsi melkoista vetoa Kirmoon. Tämä Heini-niminen ohjaaja oli kiinnostunut Kirmosta niin paljon, että välittömästi nähdessään Kirmon teki tikusta asiaa, tunki juttelemaan ja kyselemään kaikenlaista. Heini ei näyttänyt välittävän vähääkään siitä, että Kirmon ja Virven yhteiselo oli ilmeistä; nämä kaksi tulivat ja lähtivät aina yhdessä eikä heidän suhteensa jäänyt kenellekään epäselväksi.

Heini oli noin 35-vuotias, hänellä oli kullankeltaiset hiukset, ruskeat silmät, rusohuulet ja upea habitus, joka osoitti pitkäaikaisen treenaamisen tulokset. Koko hänen 170-senttinen kroppansa suorastaan huokui terveyttä ja hyvinvointia. Oikeastaan ainut piirre, joka Kirmoa hieman ihmetytti, oli jonkinlainen synkkä vakavuus, joka naisesta välittyi.

Koko salihenkilökunnasta Virven suosikki oli liikunnanohjaaja Kirsikka Komula, yli 40-vuotias, lyhyehkö, hieman pyöreä mutta timmikuntoinen nainen. Kirsikalla oli punaruskeat hiukset ja pirteä hymy, ja hänen sinivihreät silmänsä tuikkivat kuin timantit. Hänestä loisti iloisuus ja empaattisuus, ja hänen läheisyydessään kaikki tunsivat olevansa ympäröitynä positiivisella energialla. Kirmo oli Virven kanssa samaa mieltä Kirsikan olemuksesta ja sanoikin usein:

"Kyllä se on onnen Pekka, joka tuon Kirsikan saa kahlehdittua. Sillä miehellä käy yhtä hyvä tuuri kuin minulla sinun kanssasi."

"Kiitos kultaseni, olet ystävällinen", Virve hykerteli.

Tällä kertaa Kirmo ehti juuri saada jalkaharjoittelunsa loppuun, kun Heini putkahti hänen eteensä.

"Onko totta, että olet rikoskomisario? Oletko selvittänyt vaikeita rikoksia? Onko sinulta koskaan päässyt konna karkuun?" Heini alkoi tivata taas kerran. Kysymysvuoren myötä hän samalla tunkeutui suomalaisittain lähelle – noin 30 senttimetrin päähän Kirmosta, joka oli kiikissä jalkaprässilaitteessa.

Mistä ihmeestä Heini oli saanut tietää, että hän oli poliisi, Kirmo pohti kuumeisesti. Ja että yrittäisikö livistää vai vastaisiko jotakin. Hän ei ehtinyt tehdä kumpaakaan, kun erittäin kaunis vaaleahiuksinen reilusti kolmekymppinen nainen respasta huusi eestiläisellä korotuksella:

"Heini, sinulle on puhelu. On kiireinen asia. Ja muista, että sinulla alkaa pilates-tunti viiden minuutin kuluttua."

Harmistuneesti huokaisten Heini riensi puhelimeen antaen samalla Kirmolle vapautuksen piinapenkistä. Kirmo kohotti kätensä kiitokseksi vastaanoton neitokaiselle, lähettipä hän mielessään kiitoksen myös yläkerran insille, jolla nimikkeellä hän kutsui korkeampaa voimaa. Hänen katseensa viivähti vastaanoton vaaleahiuksisessa kaunottaressa,

17

joka väläytti hänelle hurmaavan mutta epävarman tuntuisen hymyn.

Kummallinen värähdys lävisti samalla Kirmon mielen.

"Tuon naisen minä aivan varmasti tunnen. Kuka kumma hän voi olla? Ja missä ihmeessä olen hänet tavannut?"

Samassa keskuksen vaalea kaunokainen kääntyi ja lähti kohti jumppasaleja, joissa iltapäivän jumpat olivat alkamassa, yhtä aikaa kaikissa kolmessa salissa. Tästä Kirmo teki johtopäätöksen, että viestin välittänyt kaunis keskusapulainen oli myös jumppien vetäjä.

"Täytyy painaa mieleen tuo nuori nainen ja yrittää selvittää, miksi sain niin voimakkaan dejavu-tuntemuksen", pohdiskeli Kirmo itsekseen ennen kuin jatkoi treenausta. Katkoksia oli jo ollut aivan liikaa; salilla hän ei halunnut lörpötellä enkä seurustella. Hän oli tullut tänne treenaamaan, ja sitä hän aikoi myös tehdä.

4

Personal trainer, sivutoiminen liikunnanohjaaja Heini Jutila oli parhaassa iässä oleva verevä nainen, jonka seesteinen ja trimmattu ulkokuori kätki sisäänsä todellisen Pinatubon, joka voisi räjähtää taivaan tuuliin minä hetkenä tahansa. Siviiliammatiltaan hän oli kuin olikin pappi. Huolimatta vakaumuksestaan Heini vaikutti olevan jotenkin eksyksissä. Jos hänen salaiset mietteensä olisivat tulleet julki, olisi häntä saatettu pitää jopa seinähulluna. Tämä oli yksi hänen suurista ongelmistaan; hän ei voinut aitoa ydintään paljastaa kenellekään. Ja se oli hänestä hyvin epäoikeudenmukaista. Että protestanttisessa opissa ei ollut katolisten tyylistä rippiä, sitä hän mielessään kirosi – lievillä sanoilla kylläkin, sillä sen verran pappiskoulutus oli häntä muokannut. Hän joutui kantamaan taakkansa yksin.

Sisäistä tulivuortaan Heini yritti purkaa väkevissä saarnoissaan kirkkoväelle, josta suurin osa ei häntä edes kuunnellut. Koska pelkkä puhe ei tuntunut auttavan, hän alkoi myös tehdä työtä epäoikeudenmukaisiksi kokemiaan asioita vastaan. Hän löysi hyvän kohteen seurattuaan, kuinka epäoikeudenmukaisesti Suomen virkakoneisto kohteli maahan tulleita turvapaikanhakijoita. Heinin mielestä kaikki maailman lapset ja vanhemmatkin turvapaikan hakijat olisi pitänyt ottaa vastaan ja heille olisi tullut

19

järjestää säällinen elämä uudessa kotimaassaan Suomessa. Hän ei voinut ymmärtää, miksi kukaan voisi vastustaa tällaista ajatusta; hän itse oli valmis antamaan kaikkensa maahantulijoiden hyvinvoinnin eteen. Aktivistitoiminta ajoi hänet myös vastakkain virkavallan kanssa. Tämän seurauksena piispa, naispuolinen hänkin, oli ilmoittanut, että Heinin oli haettava ammattiapua henkisiin ongelmiinsa. Piispakaan ei enää luottanut pelkkään rukouksen voimaan tässä asiassa vaan totesi yksikantaan, että paras apu olisi psykiatri.

"Voin antaa yhden hyvän psykiatrin nimen, olen itsekin käyttänyt hänen palvelujaan useamman vuoden ajan", piispa oli sanonut.

Niinpä Heini alkoi säännöllisesti käydä naispsykologisella hoitoklinikalla ja tavata siellä psykiatria, Aurora Autiota. Aurora oli erikoistunut hoitamaan henkistä epätasapainohäiriötä, joka tunnettiin käsitteellä *feminam mente inordinatio*. Nimitys johtui siitä, että tämä häiriö esiintyi pelkästään nuorehkoilla naisilla, yleensä 25-40 -vuotiailla ja korkeasti koulutetuilla. Lähes kaikki sairastuneet olivat olleet yliopistotutkinnon suorittaneita. Lisäksi hoitoklinikan asiakastilaistoista selvisi, että yliopistotutkinnon suorittaneista potilaista kaikki olivat opettajia, pappeja, sukupuolentutkijoita, toimittajia ja vastaavia. Sen sijaan yhtään juristia, kauppatieteilijää, lääkäriä tai insinööriä ei ollut joukossa. Klinikan asiantuntijat olivat keskustelleet ilmiöstä, mutta mihinkään yleiseen johtopäätökseen he eivät olleet vielä päätyneet vaikka totesivatkin, että oli se kyllä merkillistä asianomaisen vaivan keskittyminen tähän yhteen tietyntyyppiseen ryhmään.

Heini jatkoi käyntejä terapiassa ja tietysti söi lääkkeitä, kuten asiaan kuului. Hänen mielensä ei tullut seestyneemmäksi eikä rauhoittunut vaan seilasi kuin korkki laineilla. Ainoa rauhaa tuova paikka hänen elämässään oli kuntosali. Ohjattuaan joitakin tunteja rankkaa, kaikkia lihasryhmiä treenaavaa ryhmäliikuntaa hänestä tuntui, että hän oli tehnyt jotain hyvää, ja hän saattoi olla muutaman päivän kohtuullisen seestyneellä mielellä ja pystyi nukkumaan yönsä kunnolla ilman painajaisia. Hän innostui myös kouluttautumaan personal traineriksi. Mutta pakkomielteet eivät sittenkään kokonaan kadonneet vaan vaanivat häntä ja iskivät hänen päähänsä silloin, kun hän sitä vähiten odotti.

Ikävintä pakkomielteissä oli se, että – vastoin kaikkea sitä, mitä hänen uskonsa edellytti – ne olivat puhtaan seksuaalisia. Pakkomielteen kohteena oli useimmiten joku komea uros, joka Heinin unelmien mukaan toisi hänelle sekä seksuaalisen että kaiken maallisen ja henkisen autuuden. Hän oli yrittänyt toteuttaa näitä pakkomielteitään eri miesten kanssa ja huomannut, että kukaan heistä ei ollut ainakaan vielä tuonut hänelle lopullista paratiisia maan päälle. Viimeisimmästä satunnaista pitemmästä suhteesta Totti -nimisen rakennusmestarin kanssa oli nyt kulunut jo yli puoli vuotta ja Heini alkoi taas olla täynnä hinkua. Intohimoinen suhde Totin kanssa oli päättynyt kiihkeään riitaan, jonka lopuksi mies oli tokaissut:

"Olet tehnyt minusta todella uskonnollisen, sillä ennen sinun tapaamistasi en tiennyt helvetin olevan olemassakaan."

Heini tarttui Totin sanoihin uskonnollisuudesta, sillä ammatistaan huolimatta hän ei oikeastaan ollut enää kovin uskonnollinen, ainakaan perinteisessä mielessä. Heini ei voinut käsittää, että joku voisi todella luottaa raamatun sisältöön sen konkreettisessa muodossa. Hänen realistinen maailmankäsityksensä ei voinut hyväksyä ajatusta neitseellisestä sikiämisestä, ihmeteoista ja kuolleista nousemisesta puhumattakaan taivaaseen nousemisesta pilven päällä tai viinin muuttumista vereksi ja leivän lihaksi. Suurimman osan Jeesuksen opetuksista hänen mielensä sen sijaan hyväksyi, sillä ne käsittelivät vain ihmisten käyttäytymistä sekä itseään että toisiaan kohtaan.

Mutta se kirottu lihan hinku! Psykiatri Aurora Aution neuvoista hingusta pääsemiseksi ei ollut mitään apua, vaan polte sisuksissa kasvoi kasvamistaan. Seksin nälkä oli ajanut Heinin suhteeseen, jollaista hän ei olisi ikinä kuvitellut hoitavansa. Hän oli antanut periksi keski-ikäiselle, lipevälle, liukaskieliselle Jorma Heiskaselle, jonka PT:nä hän oli toiminut. Jorma oli ottanut personal training -ohjausta monta tuntia, ilmeisesti vain Heinin sulojen houkuttelemana. Mies oli vatsakas, lyhyt eikä mitenkään houkutteleva, puhumattakaan seksikkyydestä, mutta sulosointuisten sanojen käytössä hän oli mestari. Yhteisen saliharjoittelun aikana hän pommitti Heiniä mairittelevilla kommenteilla, suitsutti Heinin seksikästä olemusta, älyä ja aivan kaikkea Heinissä.

Joutuminen Tottin hylkäämäksi vaivasi vielä Heiniä, ja paremman puutteessa hän antautui. Jorma oli ukkomies. Erään kerran vaimon ollessa kuulemma matkoilla Heini sortui menemään Jorman kotiin. Ylellinen omakotitalo lisäsi kummasti Jorman olemuksen vetovoimaa. Jorma taisi olla vähän rakastunut, ja kohteli Heiniä hienosti; lähetteli suklaata, toi kukkia ja antoi lahjoja. Tähän hänellä olikin varaa, sillä Jorma Heiskasella oli menestyvä metallialan yritys, ja hän, ainakin leveiden puheidensa mukaan, tienasi miljoonia. Tutun kaavan mukaan Heiskanen valitteli, ettei vaimo ymmärtänyt häntä ja hänen seksitarpeitaan lainkaan, ja kuinka he ovat vaimonsa kanssa kasvaneet erilleen, mutta erota he eivät voineet, sillä ero olisi tullut liian kalliiksi, avioehtoa kun hän ei ollut hölmöyksissään älynnyt aikanaan tehdä. Niinpä Heiskanen kitui avioliitossaan, ja vaimo nautti täysin siemauksin varallisuudesta ostelemalla – Heiskasen sanojen mukaan – kaikenlaista jonninjoutavaa krääsää.

Koska vaimo matkusteli paljon ystävättärensä kanssa, Heiskasella oli hyviä tilaisuuksia toteuttaa seksuaalisia tarpeitaan viehkeiden rakastajattarien avulla, joihin Heinikin nyt kuului. Heini heittäytyi leikkiin, sillä hän hyötyi apuvaimona olemisesta. Aina, kun ykkösvaimo oli poissa, Heini saattoi tulla ja mennä mielin määrin Heiskasille ja hyödyntää taloa ja hulppeaa tarpeistoa halunsa mukaan.

Alkuinnostuksen jälkeen Heiniä alkoi kyllästyttää vanhahko, tylsä ja mairea mies, jonka habituskaan ei ollut aivan paikallaan. Kestämätön hinku suureen omaan rakkauteen vaivasi Heiniä aina vain enemmän ja enemmän. Hän kaipasi jotakin ihanaa, jotakin, joka täyttäisi aina vain tyhjänä jyskyttävän suuren loven sielussa. Hän haaveili Paratiisista uljaan uroon rinnalla, elämästä, jossa kaikki olisi pelkkää auringonpaistetta ja ihanuutta, mitään murheita tai suruja ei olisi. Hän alkoi jälleen katsella ympärilleen kuin saalistava korppikotka, suuntasi himoavan katseensa kaikkiin sopivankokoisiin, sopivanikäisiin sekä hänen hinkuunsa vastaaviin uroksiin.

Kuin taivaan lahjana Heini oli törmännyt salilla joitakin kuukausia sitten uuteen, komeaan ja hänen sisäiseen naiseensa vetoavaan alfaurokseen, jota hän oli alkanut stalkata. Heini oli tehnyt taustatyötä ja saanut selville monenmoista. Se oli käynyt helposti, koska kuntosalin työntekijänä hänellä oli pääsy asiakasrekisteriin. Tämä upea uros oli Tikkurilassa asuva Kirmo Vakava, joka oli kyllä vanhanpuoleinen verrattuna Heiniin, mutta mitäpä tuo ikäero nykyisen standardin mukaan haittasi. Netin tietojen mukaan Kirmo oli rikoskomisario ja toimi KRP:ssa. Heini oli jo useamman kerran käynyt kyyläämässä Kirmon asuintaloa ja havainnut, että Kirmo saapui ja poistui usein jonkun naisen kanssa, joka paljastui pariskunnan salikäyntien yhteydessä Virveksi. Heidän käyttäytymisestään Heini päätteli, että he asuivat yhdessä. Kihloissa he eivät kuitenkaan näyttäneet olevan.

Tämä avoliitto ei Heiniä hätkähdyttänyt vaan itse asiassa teki Kirmosta vielä mielenkiintoisemman. Heinin vertaillessa omaa habitustaan Virven ulkomuotoon hän oivalsi, että vetäisi pitemmän korren kenen tahansa havaintokykyisen miehen sielussa.

Huolimatta siitä, että terapiaklinikan psykiatri koetti ohjata Heiniä pois kaikenlaisista pakkotoiminnoista, myös pakkokiinnostuksesta mieheen, alkoi Heini tuntea, että tuo ihana Kirmo oli vastaus, mies, joka ratkaisee hänen kaikki ongelmansa. Hänen oli saatava Kirmo itselleen keinolla millä hyvänsä.

5

Edellisen vuosisadan vaihteessa valmistunut jugendtalo huokui rauhaa Kruununhaan Meritullinkadulla. Alakerroksen kaari-ikkunat ja katonrajan koristeet sekä kahden kadun risteyksen vuoksi pyöristetty kulma loivat vaikutelman kuin oltaisiin jossakin keskieurooppalaisessa kaupungissa eikä kivenheiton päässä Helsingin Kauppatorista. Sunnuntaiaamun aurinko valaisi kaunista rakennusta ja korosti sen sopusointuista harmoniaa.

"Enää nykyisenä kiireisenä aikana ei ehditä rakentaa mitään näin silmiä hivelevää kauneutta, eikä ehkä halutakaan, kustannustehokkuuden nimissä bygataan rakennus pystyyn ja asukkaat äkkiä sisään", Kirmo ajatteli ihaillessaan rakennusta ja sen vaikuttavaa porraskäytävää. Enempää hän ei ehtinyt tuumailla, sillä pohdintojensa lomassa hän oli noussut toiseen kerrokseen ja soitti ovikelloa.

Ovi aukesi, ja hänen edessään seisoi hänen vanhempi veljensä Mirko, jonka luo Kirmo oli menossa sunnuntaipäivälounaalle.

Veljekset tervehtivät toisiaan, sen jälkeen Kirmo kiirehti halaamaan kälyään sekä Mirkon lapsia, jotka olivat kaikki paikalla. Mirko oli järjestänyt Kirmon yllätykseksi syntymäpäiväjuhlat, joista Kirmo ei etukäteen tiennyt mitään. Tämän vuoksi myös Mirkon aikuiset lapset, kaikki neljä, olivat paikalla, ja mukana oli myös perheeseen nykyään kiinteästi

25

kuuluvat kahden lapsen puolisot. Molemmat rokka-ripojat, Aleksi ja Antti, ainakin väittivät vielä elä-vänsä sinkkuina.

Alkutervehdysten jälkeen he siirtyivät isoon, yli neljäkymmentäneliöiseen olohuoneeseen, jonka täytti upea sohvaryhmä italialaista designia, val-koista Natuzzia. Ryhmä muodostui kahdesta vastak-kain sijoitetusta sohvasta, joista toinen oli kolmen ja toinen neljän istuttava sekä kolmesta lepuuttavan nä-köisestä nojatuolista. Niissä saattoi mainiosti ottaa jopa iltapäiväettonet, kuten Mirko asian ilmaisi. Olohuoneen toinen sivu aukeni ruokailutilaksi, jonka täytti massiivinen, pyöreä tammipuinen pöytä. Sen ympärille oli sijoitettu kahdeksan Fritz Hanse-nin nahkapäällysteistä Seiska-tuolia.

Jokainen, joka oli astumassa eteisestä olohuo-neeseen, pysähtyi haukkomaan henkeään ja ihaste-lemaan, kuinka hienon kokonaisuuden Mirkon vaimo Miia oli saanut aikaan. Suurista ikkunoista tulviva valo hämmensi silmiä ja korosti tyylikästä vaaleutta. Mirko oli aiheesta ylpeä vaimonsa ääret-tömän hyvästä mausta ja kehittyneestä tyylitajusta.

Hämmästellessään taas kerran heidän kotinsa minimalistista tyylikkyyttä Kirmo mietti, milloin hän viimeksi oikein oli käynyt Mirkon luona. Todel-lakin, edellisestä käynnistä oli jo lähes vuosi – kyl-läpä aika oli kulunut nopeasti. Toki hän oli tavannut Mirkon sekä hänen lapsensa useammin, mutta Mir-kon kotona hän ei ollut käynyt pitkään aikaan.

"Nyt siihen tulee korjaus", Kirmo päätti. "Turha surra maahan kaatunutta maitoa. Eikä mennyttä ai-kaa saa takaisin, joten on mentävä eteenpäin."

Maukkaan lounaan jälkeen he siirtyivät olohuoneeseen keskustelemaan itse kunkin kuulumisista. Ne oli pian vaihdettu, ja keskustelu siirtyi suurempiin kysymyksiin. "Käyttäkää aikanne tärkeisiin asioihin, aika on arvokasta, kuten sanotaan", Mirkon ja Kirmon isä oli aina korostanut pojilleen. Niinpä puhe kääntyi pian muihin kysymyksiin, ja veljekset alkoivat käsitellä maailman tapahtumia ja suurvaltapolitiikkaa.

Tämä keskusteluntaso vastasi myös muita isän antamia elämänohjeita, joista veljekset muistivat hyvin myös neuvon parisuhteessa.

"Muistakaa pojat, että naisten tulee saada päättää kaikki pienet asiat; missä asutaan, montako lasta hankitaan, mitkä huonekalut ja auto ostetaan ja mihin matkustetaan lomalla. Miehet päättävät suurista linjoista ja ottavat kantaa USA:n ja Kiinan väliseen kauppa- ja valuuttasotaan sekä sen vaikutuksiin maailman ja Suomen talouteen, Venäjän uhkaan, Kiinan valloituspyrkimyksiin Aasiassa sekä tietysti ilmastonmuutokseen. Tämä työnjako takaa avio-onnen, se on varma se."

Veljekset olivat ottaneet neuvosta vaarin. Mirko oli ollut vaimonsa kanssa naimisissa jo 35 vuotta. Mirko itse tosin lisäsi isänsä ohjeeseen kehittäneensä itselleen aviomiesten vaivan nimeltään LVS. Lyhenne tarkoitti Läpivirtaussyndroomaa ja ilmeni siten, että mies oli kuuntelevinaan, mitä vaimo sanoi, mutta kaikki meni yhdestä korvasta sisään ja toisesta ulos, eikä työmuistiin jäänyt paljon mitään. Ainoa ongelma saattoi ilmetä, mikäli mies ei osannut näytellä muistavansa sitä, mitä vaimo oli kertonut jo toistamiseen.

Keskusteluun tulivat mukaan Mirkon pojat sekä myös hänen molemmat tyttärensä ja näiden aviomiehet, jotka kaikki olivat aina hyvin innokkaita vaihtamaan mielipiteitä isänsä ja setänsä kanssa kaikesta mahdollisesta. Keskustelu jatkui muutaman tunnin, ja välillä syötiin Kirmon syntymäpäiväkakkua.

Hetkittäin Kirmo vaikutti hieman poissaolevalta. Hänen terävä veljensä havaitsi sen ja keskustelun tauotessa tämä kysyi hiljaisella äänellä:

"Vaivaako jokin, Kirmo? Tunnut mietteliäältä. Onko ikävä Virveä, kun hän ei nyt ole kainalossasi?"

Kirmo huomasi, ettei hän voi tarkkasilmäiseltä veljeltään salata asiaa, joten hän kertoi.

"Tiedän, että olet kiinnostunut esoteerisista seikoista, olet lukenut Blavatskysi ja saanut minutkin uskomaan, jos ei muuhun niin ainakin pieniin tonttuihini. Minua on nyt alkanut vaivata muutama tapahtuma, josta en tahdo päästä irti millään. Ensimmäinen on Veikko Viitalan kuolema. Hänen haamunsa tai oikeastaan omat uneni ovat alkaneet piinata minua. Näen lähes joka yö unta siitä, että Veikko Viitala on hukkumassa ja minä seison järven rannalla enkä edes yritä pelastaa häntä. Koen syyllisyyttä siitä, että olen jollakin tavalla aiheuttanut hänen kuolemansa."

Kirmo jätti tarkoituksella kertomatta saamastaan sähköpostista. Viesti oli kasvattanut hänen taakkaansa, sillä sen perusteella hän koki olevansa syypää Veikon kuolemaan. Jos hän olisi jättänyt Moraalinvartijat rauhaan, olisi Veikko vielä elossa.

"Mutta, ei vielä tässä kaikki", jatkoi Kirmo, "minua on alkanut askarruttaa eräs henkilö. En saa päähäni, mistä tunnen hänet. Tapaan tämän naisen usein salilla käydessäni, ja jotenkin hän aiheuttaa minulle epämiellyttäviä tuntemuksia vaikka kaunis onkin. Aivan kuin hän olisi aiheuttanut minulle jotakin ikävää, mutta en vain pysty paikallistamaan mitä. Unessani olen nähnyt hänet huutamassa apua, koska iso karhu jahtaa häntä. Olen varma, että tunnen tuon naisen, niin vahva on dejavu-tunne. Vai olenkohan tulossa vanhaksi? Totta puhuen – sekin tässä on alkanut harmittaa."

Mirko kuunteli rauhallisena ja antoi Kirmon puhua. Kirmon lopetettua hän oli hetken vaitonainen ennen kuin vastasi.

"Esoteerisessa mielessä molemmat ovat näiden ihmisten hätähuutoja; he ovat nyt tai ovat olleet suuressa ahdingossa, jopa kuolemanvaarassa. Sinä olet selvästi kytkeytynyt heidän elonpiiriinsä. Veikkoa et voi enää auttaa, muuten kuin ehkä saamalla kiinni hänen murhaajansa. Uniesi naista voisit vielä auttaa, koska hän on vielä elossa. Sinun tulee keskittyä selvittämään, kuka hän on, mistä hänet tunnet ja mitä hän on tehnyt."

"Tietysti, tietysti, mutta miten?"

"Odotapa hetkinen, haen sinulle yhden henkioppaan, jonka mainitsemasi Helena Blavatsky on kirjoittanut, se voisi auttaa sinua. Jos vain olen säästänyt sen, siitä on niin kauan kun sen sain."

Kirmoa huvitti viimeinen lause, sillä hän tiesi, että Mirko säästi aina kaiken. Mitään ei koskaan saanut heittää pois, koska "tätä voi vielä tarvita". Miia, Mirkon vaimo usein muisteli, millainen urakka oli muutto heidän nykyiseen asuntoonsa heidän varautuessaan Mirkon jäämiseen eläkkeelle. Tavaroiden karsimisessa oli kaamea työ. Oli esimerkiksi hävitettävä kaikki Mirkon yli kolmenkymmenen vuoden opettajanuran aikana pitämien kokeiden vastaukset. Joka-ainoan hän oli taltioinut.

"Ja niitä oli paljon, varmasti tuhansia!" Miia oli vaikerrellut päätään pudistellen.

Mirko löysi kuin löysikin hakemansa lehtisen, sen oli kirjoittanut Helena Petrovna Blavatsky, teosofisen seuran perustajajäsen ja tunnettu spiritualisti. Lehtisen nimeke oli: Toteuta sisäiset käskysi.

"Kiitos", Kirmo totesi, "syvennyn tähän sitten kotona. Mutta briiffaatko vähän, mistä on kyse?"

"Lehtinen osoittaa, että kaikilla meillä ihmisillä on alitajuinen voima, joka muokkaa meidän elämäämme. Toiset osaavat tunnistaa sen paremmin kuin toiset. Sinulla on ilmeisesti korkea esoteerinen kyky kuunnella alitajuntaasi, josta unesikin tulevat. Jos haluat seesteisen elämän, sinun on kohdattava nuo alitajuiset voimat ja toteutettava niiden vaatimukset. Sinun osaltasi se voisi tarkoittaa sitä, että löydät Veikko Viitalan murhaajan sekä korjaat mainitsemasi naisen tilanteen, mikä se sitten lieneekin."

Hämmentynyt Kirmo ei osannut vastata mitään.

"Oikeastaan minulla on vielä eräs keino, jos lupaat että et naura minulle. Olen opetellut mesmerismiä. Tiedät varmaan, että Franz Mesmer -niminen lääkäri kehitti sen jo 1700-luvulla. Hänen mukaansa maailmankaikkeuden fluidium toteuttaa kaikki maailmankaikkeuden tapahtumat, sekä aineelliset että henkiset. Olen vaikuttunut asiasta ja melko varma siitä, että hypnoosin avulla voisin auttaa sinua selvittämään myös viestit, joita alitajuntasi olettaa saavansa. Olosuhteiden on oltava riittävän rauhalliset, joten varaatko ensi kerralla runsaasti aikaa, niin koetamme saada alitajuntasi toimimaan?"

Kirmo nyökkäili epävarmana, mutta lupasi olla nauramatta Mirkon ehdotukselle.

"Onhan se mukava saada perheeseen aito Olliver Hawk, hänhän olikin aikoinaan suomalainen hypnotisoijasensaatio."

Oli jo alkuilta, kun Kirmo kaasutteli bemariaan pitkin Tuusulantietä kohti Tikkurilaa kiitollisena siitä, että hänellä oli lähellään noin suurenmoinen veli ja koko veljen perhe. Kirmo tunsi saaneensa veljeltään apua omien sisäisten ongelmiensa kanssa. Kirmo hörähti itsekseen muistellessaan Mirkon kertomaa, muka tositarinaa nuorten sanavalmiudesta.

Eräs Mirkon miespuolinen opettajakollega oli koettanut opastaa nuorta naisopiskelijaa ja todennut lopuksi, että "minähän haluan vain sinun parastasi".

Tähän neitokainen oli vastannut ykskantaan: "Ja sitähän minä en sinulle anna".

"Miten elämä voikin olla näin siistiä", Kirmo mietti avatessaan illalla kotioveaan, samoin sanoin kuin Mirkon nuorempi poika oli iltapäivän aikana todennut.

6

Tiina Mämmi lähti kuntosalilta tallustelemaan rauhassa kohti Keltamotiellä olevaa kotoaan. Siellä häntä odotti rakastakin rakkaampi Kalle-kissa. Omien puheittensa mukaan Tiinalla oli elämässään nykyään vain yksi ja ainoa kolli eli Kalle; hänen aviomiehensä oli kuollut ja lisäksi hän oli eronnut kaksi kertaa. Tiina oli oppinut, että hänen oli parasta viettää sinkkuelämää ja nauttia kaikesta siitä, minkä se teki mahdolliseksi. Tällä hetkellä hän koki olevansa oman itsensä rouva astellessaan kotiinsa, jossa ei ainakaan mikään karvainen körmy vaatisi häneltä yhtään mitään. Tosin joskus hänen mieltään kaihersi, ettei hänellä ollut ketään kaveria, muuta kuin pörröinen Kalle, jonka vuorovaikutustaidot olivat hieman alkeelliset.

Ollessaan kääntymässä Tikkurilantieltä kotikadulleen Tiinan oli pakko hidastaa askeleitaan. Sydän takoi kuin moukari ja päässä pyörrytti. Kieli kangistui ja suu tuntui olevan tulessa.

Oliko jumppa ollut liian rankka? Tiina päätteli kaiken johtuvan ylikunnosta. Ehkä hän oli treenannut liikaa. Koskaan ennen ei lyhyt kävelymatka salilta ollut tuntunut näin pitkältä.

Huimaus oli todella epämukavaa.

"Kunhan pääsen kotiin, nappaan lisää palautusjuomaa ja pötköttelen hetken aikaan. Saan varmasti itseni taas tolpille ihan pian."

Lopulta hän saapui kotipihaan, raahautui ylimpään kerrokseen, avasi asuntonsa oven ja kutsui Kallea, joka ilmestyi kyhnyttämään itseään hänen sääriinsä. "Sinulla on tietysti ollut ikävä mammaa. Odota hetki, niin annan sinulle Schaiba-herkkua, eihän sinulle muu kelpaakaan. Mammaa vähän huimaa, mutta kyllä se menee ohi", Tiina jutteli kumartuessaan raaputtamaan Kallea.

Saatuaan kaavittua Kallen iltapalan kuppiin Tiina rojahti olohuoneensa sohvalle. Hän koetti rentouttaa itsensä Kirsikan opettamalla tavalla, mutta jostain syystä se ei onnistunut. Selkälihakset kouristelivat voimakkaasti. Pahoinvointi lisääntyi. Lisäksi hän tunsi pakonomaisen refleksin oksentaa kaiken juuri juomansa. Suuhun nousi veristä vaahtoa.

"Onko minulle puhjennut epilepsia", Tiina kauhistui, sillä oireet muistuttivat epilepsiakohtausta. Tautia pidettiin joskus pyhänäkin, muun muassa Julius Caesar oli siitä kärsinyt, Tiina muisti lukeneensa. Mutta suvussa ei ollut kenelläkään ollut epilepsiaa. Joten siitä ei varmaankaan ollut kysymys.

"Oliko siinä eilisiltaisessa kiinalaisen ravintolan take-away -ateriassa jotakin vikaa? Jos minulla on ruokamyrkytys?"

Tiina raahautui kylpyhuoneeseen, oksensi, kampesi itsensä sitten vaivalloisesti pystyyn, suunsa huuhdeltuaan avasi lääkekaapin oven, kaiveli esiin Imodium-pakkauksen, nappasi muutaman tabletin ja raahautui takaisin sohvalle.

Saadakseen muuta ajateltavaa hän avasi television, surffaili hajamielisenä kanavia edestakaisin ja yritti etsiä jotakin kepeätä katsottavaa. Tv-kanavilta ei löytynyt mitään, ja hän siirtyi Netflixin puolelle. Sieltä hän valitsi Michael Douglasin ja Sharon Stonen tähdittämän jännärin. Hän yritti eläytyä Sharon Stonen roolihahmoon katselleessaan, kuinka tämä kepitti toksista maskuliinisuutta täynnä olevat typerät poliisit mennen tullen. Filmin juoni oli naurettavan ja itkettävän rajamailla, ja Tiina ihmetteli, kuinka lapsellisia elokuvia nykyään tehtiinkään, tämäkin oli tehty jo 90-luvulla. Kyllä ne jenkit ovat melkoisia typeryksiä.

Hänen olonsa kävi yhä tukalammaksi. Aikaisempaa voimakkaammat kouristukset alkoivat ravisuttaa häntä. Hän harkitsi jo vakavasti vaihtoehtoa, että hakeutuisi maailman parhaana pidettyyn julkiseen terveydenhoitoon Peijas-Rekolan päivystykseen. Mutta siellä oli kuulemma aina niin pitkät jonot, eikä hän jaksaisi jonottaa. Pitäisikö kutsua lääkäri kotiin? Toisaalta, eihän hänellä ikää vielä ollut kuin reippaat 40 vuotta, joten nuorihan hän vielä oli. Ehkä hän tervehtyisi pian itsestään.

Hän ei saanut päätettyä, mitä pitäisi tehdä. Pian se olikin jo myöhäistä, sillä kouristukset kävivät vielä entistäkin voimakkaammiksi. Kieli puutui, puhekyky katosi ja suusta pursusi vaaleanpunertavaa veren sekaista vaahtoa. Tiina häälyi tajunnan rajamailla. Hänestä tuntui, ettei hän enää jaksa. Eikä millään ollut mitään väliä.

"Olisi kuitenkin ollut parempi, jos Kalle-kollin tilalla olisi ollut oikea ihminen. Hän olisi voinut auttaa minua tai ainakin hakea apua", hänen mielessään käväisi.

"Hyvä Jumala, auta minua! Aivan sama mikä jumala kunhan autat minua."

Tiina käpertyi pieneksi keräksi sohvaan nurkkaan ja voihki hiljaa.

"On niin huono olo. En jaksa enää. Tämä on varmasti kuolemaksi. Miksi juuri minä? Olen liian nuori kuolemaan, hyvä Viikatemies, etkö löytäisi jotain vanhempaa tilalleni? Ota vaikka alakerran Maija, hän on jo sentään 85-vuotias."

Tiina piti itseään fiksuna ja tietävänä naisena, mutta yhtä asiaa hän ei tiennyt. Viikatemies ei käy kauppaa, hän ottaa sen henkilön, joka on vuorossa ja jonka elämänlangan Atropos, Torjumaton, oli katkaissut. Joten Tiina kääntyi väärän miehen puoleen, kun hän aneli Viikatemiestä. Hänen olisi tullut kääntyä elämänlangan leikkaajan, siis naisen puoleen.

Ja niin Tiinan elämänlanka katkesi illansuussa hänen yhtään tietämättä, mikä sen katkaisi.

Koko yön Kalle kierteli sohvalla retkottavaa Tiinaa ja yritti saada emäntänsä huomion, mutta ei onnistunut. Aamuun mennessä se oli saanut kyllikseen emäntänsä flegmaattisuudesta ja aloitti mouruamisen sarjan. Hiljaisessa talossa sen ääni ohitti kaikki äänieristeet. Kiljunta kantoi ympäröiviin huoneistoihin. Meni kotvanen ennen kuin kukaan alkoi reagoida Kallen aiheuttamaan infernoon, kunnes muutaman tunnin jälkeen, aamu-uutisten aikaan, alkoivat rapussa asuvat ihmiset kurkistella käytävään ja päivitellä, että mitähän oli tapahtunut, kun Kalle noin mourusi.

Päivittelyä kesti koko aamupäivän, kunnes suoraan Tiinan alapuolella asuva naapuri Maija päätti ottaa mouruamisesta selvää.

"Minä menen katsomaan, mikä hätä Kallella on. Minulla on Tiinan avain, koska aina hänen matkoilla ollessaan tehtävänäni oli ruokkia tuo Kalle-kissa ja vaihtaa hiekat. Mutta en uskalla mennä yksin, tulisiko joku kanssani?"

"Toki, tulemme molemmat", vastasi ensimmäisen kerroksen utelias – tai tiedonhaluinen – Kaarina-rouva ja pukkasi miestään Ismoa kylkeen.

Niinpä niin he kolmisin lähtivät kipuamaan ylimpään kerrokseen kohti Tiinan kotia. Maijan avattua oven he astuivat varovasti eteiseen, josta Kalle ryntäsi vastaan raivoisasti naukuen. Maija otti Kallen syliinsä ja alkoi rauhoitella sitä, Kaarina ja Ismo hiipivät olohuoneeseen.

Heiltä pääsi ilmoille suorastaan eläimelliset kiljaisut.

Ismo karjui Maijalle:

"Älä tule tänne, soita ambulanssi! Tiina on saanut sairauskohtauksen! Täällä on kaamea sotku."

Maijan kädet vapisivat, hän pudotti Kallen maahan, kaivoi kännykän laukustaan, soitti hätänumeron sekä kailotti:

"Täällä Maija, Tiina on sairas, ambulanssi tänne heti!"

Paikalle hätyytetyt ensihoitajat totesivat, että Tiina oli menehtynyt.

"Me emme voi tehdä enempää. Hälytämme poliisit paikalle. Ulkopuolisten on syytä poistua."

7

Aamutuimaan rikoskomisario Kirmo Vakava kömpi nimensä mukaisen näköisenä työhuoneeseensa. *Elämä se on kuin silkkiä vaan, sylillisen tahtoisin kerrallaan,* hän hyräili ja hymähti sitten huvittuneena omia aatoksiaan. Saavuttuaan työhuoneeseensa hän tapansa mukaan avasi ensimmäiseksi läppärinsä. Hänen mieleensä juolahti juttu amerikkalaisesta yrityksestä, joka oli hankkinut työntekijöilleen kannettavat, mutta estääkseen niiden varastamisen pultannut ne työpöytiin kiinni.

"No onneksi meillä KRP:ssa kannettavat sentään olivat todella kannettavia."

Samalla hetkellä känny hälytti, ja vastattuaan Kirmo kuuli esimiehensä virkeän äänen, joka komensi hänet puheilleen. Esimiehensä äänenpainoista Kirmolle tuli mieleen Aristoteleen oppilaan, kreikkalaisen filosofin Thefrastoksen, mietteet ihmisen luonteista. Thefrastos sanoi eläneensä niin pitkään ja olleensa tekemisissä niin laajan ihmisjoukon kanssa, että saattoi tehdä luonnehdintoja ihmisistä. Hän oli kirjoittanut ihmisten luonteenpiirteistä alkaen teeskentelystä päätyen omanvoitonpyyntiin. Näistä käyttäytymistyypeistä Kirmon mieleen juolahti nyt virkainto, sillä se hänen mielestään sopi mainiosti pomoon, näin Kirmo aprikoi. Virkaintoinen henkilö oli hyvää tarkoittava mutta liioitteli sanoissaan ja teoissaan ja lupaili turhia, ja jopa yksimielisen päätöksen jälkeen alkoi venkuloida asiassa.

"Jep, juuri kuten pomoni", totesi Kirmo ykskantaan, keräsi luunsa ja lihaksensa ja suksi menemään pomon luokse.

"Sinulla ei nyt juuri ole muutakaan juttua, niin otapa tämä Tiina Mämmi -tapaus ja syynäile sitä vähän", pomo tokaisi ennen kuin Kirmo ehti kunnolla sisään työhuoneeseen.

"Siinä on jotakin outoa, kun perusterve 40-nainen kuolee kotiinsa aivan yhtäkkiä. Päivystyksessä ollut partio kävi siellä aamulla ja järjesti ruumisauton siirtämään vainajan pois, mutta sinä voisit käydä katselemassa tarkemmin hänen kotiaan, tässä ovat avaimet. Kuolleen tiedot ovat intranetissä hänen nimellään varustettuna, voit tutustua olemassa oleviin tietoihin siellä."

Kirmo vastasi puoliksi leikillään: "Kiitos vain tästä mahtavasta mahdollisuudesta saada viritellä aivosolujani tämän erikoista kyvykkyyttä vaativan keissin kanssa. Se viekin minulta aikaa ja taitaa mennä yöunetkin."

Pomo ymmärsi Kirmoa sangen hyvin, mutta antoi hänen tyhjentää takkinsa ja totesi vain:

"Luulenpa, että joudut tosiaan virittelemään aivosolujasi, sillä en ymmärrä, miten nuorehko nainen voi kuolla noin yhtäkkisesti ilman mitään sairautta. Ruumiinavaus toki valaisee asiaa lisää, ja sen tulokset saamme myöhemmin. Vaikka juttu toistaiseksi etenee normaalina kuolinsyyntutkimuksena, minulla on hytinä, että tässä on jotain muutakin, mutta mitä, sitä emme vielä tiedä. Ei lörpötellä enempää, tutkitko asiaa ja infoatko minua sen etenemisestä?"

Kirmo nyökkäsi ja lähti ripeästi astelemaan kohti omaa työhuonettaan pohdiskellen tapausta mielessään.

"Voisiko pomo olla oikeassa? Hänellä on kuitenkin pitkä tausta rikospoliisissa. Voisiko hänellä olla vaisto tämän tyyppisissä asioissa?"

Näine mietteineen Kirmo poikkesi hakemaan työpöydältään autonsa avaimet. Matkalla hän soitti Hilleville ja pyysi tämän mukaansa, oltiinhan menossa naishenkilön kotia tutkimaan. Hillevi, vaikkakin oli päättänyt, ettei ole varsinaisessa kenttätyössä nyt ollessaan rouva Laitela, sanoi lähtevänsä mukaan mielellään. Olihan kotikäynti tervetullutta vaihtelua toimistorutiineihin.

Ennen lähtöä molemmat lukaisivat netistä Tiina Mämmiä koskevat tiedot, joita oli tässä vaiheessa vielä hyvin vähän; mukana oli ensihoitajien raportti sekä aamulla paikalla olleen poliisipartion kokoama yhteenveto muutaman naapurin kertomuksista. Tiina Mämmi oli puhdas pulmunen. Naapureista Maija asui suoraan Tiinan alapuolella, ja hän oli nähnyt Tiinan tulevan kuolinpäivän illalla kotiinsa vähän seitsemän uutisten päättymisen jälkeen. Lisäksi Maija oli kertonut, että hän oli kuullut Tiinan askeleitten ääniä ja myöhemmin illalla kakomiselta kuulostavia ääniä kylpyhuoneesta, mutta ulos asti ei Tiina ollut luitaan liikuttanut.

Hillevi ja Kirmo astelivat autolle ja suunnistivat kohti Tiina Mämmin kotia. He astuivat sisään ja huomasivat tulleensa hulppeankokoiseen terassihuoneistoon. Vaikutti siltä, että Tiinalla oli yksin hallussaan koko kerrostalon ylin kerros, neliöitä oli varmasti pitkälti toistasataa. Valtavan suuren olohuoneeseen katto oli korkealla, koko huoneen leveydeltä näkyi suuri parveke ja sieltä maisemat Tikkurilan kattojen ylle. Valoa tulvi valkoisten pitkien verhojen välistä sisään.

Kirmo vihelsi vaikuttuneena.

Tavarat näyttivät olevan vähän hujan hajan, mutta mitään muuta poikkeavaa ei ensi silmäyksellä näkynyt. Hillevi otti tutkiakseen makuuhuoneen ja Kirmo alkoi penkoa olohuonetta ja etsiä katsellaan vinkkiä jostakin epätavanomaisesta. Molemmat poliisit ottivat tutkimuksen hieman rennosti, sillä he olettivat, että kyseessä oli pelkästään rutiininomainen kuolemansyyn selvitys. Niinpä he saivat tutkimuksensa päätökseen nopeasti ja olivat juuri lähdössä pois, kun Kirmon kännykkä pärähti tutun melodian ja kertoi, että joku halusi kiihkeästi saada rikoskomisarion käsiinsä tai ainakin puhelimen päähän. Kirmo katsoi puhelimen näytöltä, kuka häntä tavoitteli ja huomasi, että soittaja oli hänen vanha tuttavansa Milla Kärkkäinen, patologi, jolla ilmeisesti oli jotakin kerrottavaa.

"Sinä siis hoidat Tiina Mämmin tapausta. Siitä tuleekin erikoinen tapaus, sillä ensitutkinnan perusteella Tiina Mämmin kuolinsyy on jokin myrkky. En osaa vielä sanoa mikä, mutta kyseessä voisi olla jokin kasvikuntaperäinen myrkky – olipa muuten melkoinen määrä, jonka hän oli nauttinut. Tiinan tapauksessa hänen saamansa määrä on ollut niin suuri, siksi oletan, että hän on saanut myrkyn jotakin muuta kautta kuin itse syömällä vahingossa jotakin kasvinlehteä. Talletan täydellisen raportin heti kun

40

se valmistuu Tiinan kansioon, josta voit tutustua siihen tarkemmin. Mutta onneksi olkoon Kirmo-boy, olet voittanut lotossa jälleen yhden murhan tutkittavaksesi. Palaan uudestaan, kunhan saan varmuuden myrkystä, mutta se on jo selviö, että hänet myrkytettiin tarkoituksella."

Milla sulki puhelimen jättäen Kirmon synkkiin mietteisiin ja pohtimaan sitä, että miksi hänelle aina näyttivät tulevan tutkittavaksi kaikki hankalat keissit.

"Miksi en koskaan saa selvitettäväksi juoppojen puukotuksia, jossa sekä uhri että tekijä makaavat valmiiksi vierekkäin ja saan konnan kiinni saman tien?"

Tajuttuaan harmittelun turhaksi Kirmo soitti tekniikan Pelle Pelottomille ja kutsui heidät paikalle. Tiinan kotona oli selvitettävä kaikki mahdollinen, joka voisi antaa vihjeen myrkyn nauttimisesta. Missä ruoassa tai juomassa myrkkykeitto oli oikein ollutkaan? Tekniikkaa paikalle odotellessaan Hillevi ja Kirmo aloittivat uuden ja perusteellisemman tutkinnan. He yrittivät löytää joitakin aihioita Tiina Mämmin elämästä, esimerkiksi mitä hän oli tehnyt kuolinpäivänään ja mistä hän olisi voinut saada myrkkykeitoksensa.

Pyykkikorissa oli päällimmäisenä jumppavaatteet, Hillevi havaitsi tutkiessa Tiinan kylpyhuonetta, ja eteisen lattialla lojui reppu, ja sen sisällä treenikengät. Tästä saattoi vetää sen johtopäätöksen, että Tiina oli ilmeisesti kuolinpäivänään käynyt kuntoilemassa. Mutta missä? Makuuhuoneen pöydältä Hillevi löysi kännykän, jonka hän oletti luonnollisesti olevan Tiinan omaisuutta. Hän koppasi kännykän käteensä ja mietti, mikähän se pin-koodi mahtaisi olla. Tovin pohdittuaan Hillevi, muistaen Tiinan syntymäajan, kokeili käyttää melko tavanomaista koodia eli päivä, kuukausi ja vuoden kaksi viimeistä numeroa.

"Bingo", hän huudahti, sillä siinä se oli, puhelin aukesi. Häntä hieman naurattikin se, kuinka simppeleitä salasanoja ihmiset käyttivät.

Hän muisti, mitä hänen ystävänsä Kielo Pitko oli kertonut. Kielon mies ei ollut paljastanut omaa salasanaansa hänelle ja siitä hän oli vähän kiukkuinen. Heidän tyttärensä Poutapilvi oli ajatellut auttaa äitiään ja hiipinyt salaa katsomaan, kun iskä availi konettaan. Nähtyään haluamansa tytär oli juossut äitinsä luokse silmät hehkuen kehuen tietävänsä iskän salasanan. Äiti tietysti oli innostunut.

"Kerro heti, mikä se on!"

Poutapilvi innostuneena ja silmät loistaen:

"tähti, tähti, tähti, tähti."

Niinpä, niin salasanat olivat joskus vaikeita aikuisellekin. Toki poliisin tutkijat olisivat saaneet ohitettua pin-kyselyn, mutta se olisi vienyt turhaa aikaa ja resursseja. Hillevi alkoi selata kännykän WhatsAppeja ja tekstiviestejä.

Hän huomasi myös CAF-kuvakkeen.

"Käviköhän Tiina CAF:ssa?"

Hillevi klikkasi auki kuvakkeen ja huomasi sieltä, että Tiina oli kuin olikin käynyt illalla Cardio Energy -ryhmäliikuntatunnilla.

"Katsopas tätä!" Hillevi hihkaisi.

"Voi hyvät hyssykät! Mekin olimme samalla salilla eilen!" Kirmo parahti.

"Oikeasti? Etkä huomannut mitään outoa?"

"No en. En tiedä. En muista. Paras, että lähdemme heti käymään siellä. Onko ok?"

Hillevi myönteli ja jatkoi samalla Tiinan kännykän selaamista. Hän havaitsi erään pitkän viestiketjun. Viestien toisena osapuolena oli joku *Sakuranohana*, joka oli lähetellyt Tiinalle viestejä muutaman päivän välein jo pitemmän aikaa. Viestien sisältö oli aggressiivinen ja jopa uhkaileva.

"Moni kakku päältä kaunis mutta silkkaa silkoa sisältä", Hillevi tuhahti Kirmolle, "katso nyt näitäkin viestejä, jotka puhtoinen Tiina on saanut."

Yksi esimerkki päivää ennen Tiinan kuolemaa:

Jos et nyt heti myönnä totuutta, joudut kärsimään. Olen aivan liian kauan jo odottanut oikeuden tapahtuvan. Et voi enää paeta oikeudenmukaista tuomiota. Minä tulen saamaan itselleni kuuluvan osuuden, et voi sitä estää.

"Ja katso vielä Tiinan kuolinpäivältä viesti, jossa oli kuva ja ääni! Kuvassa näkyi hautaristi sekä soi Kirkan biisi *Hetki lyö, viime hetki lyö.*"

Jostain syystä Tiina ei ollut poistanut näitä viestejä, Hillevi ihmetteli.

"Mutta kuka tuo Sakuranohana oikein oli? Kiikutetaanpa puhelin teknisen pojille, ja pyydetään, että he selvittävät Tiinan kännyn kaikki tiedot parilta viime kuukaudelta. Samalla saavat selvittää myös viestittäjän henkilöllisyyden."

Kirmo oli seurannut Hillevin tomeraa toimintaa.

"On todella hienoa, että olet taas mukana tiimissä. Kun se Villekin on nyt virkavapaalla tai siis opintovapaalla ja palaa takaisin vasta kolmen kuukauden päästä."

"Kiitos vain. Mutta onko minulla vaihtoehtoja?"

43

8

"Odottaisit vähän!" Hillevi huuteli Kirmolle, joka harppoi vankoin askelin kohti CAF -kuntosalia.

"Aivan. Pitäisihän minun muistaa sinun siunattu tilasi. Anteeksi!"

Muutama vuosi sitten Hillevi ja Kirmo olivat tutkineet visaista tapausta, jossa Lenkkisukkamurhaaja kuristi viattomia juoksijoita. Tutkimusten tiimellyksessä Hillevi oli tavannut elämänsä rakkauden, Mikon, ja nyt pariskunta odotti todella toivottua vauvaa. Tosin Kirmo ei aivan vielä ollut pystynyt asiaa sisäistämään, mutta yritti ottaa Hillevin huomioon, mikäli sattui muistamaan.

Keventääkseen erikoista tunnelmaa, jonka tieto Tiinan murhasta oli aiheuttanut, Hillevi alkoi kertoa juttua, jonka hänelle oli aamusella kertonut eräs Pelle Peloton. Tämä oli alkanut kysellä Hilleviltä, että montako lasta aiotte Mikon kanssa hankkia.

"Pari kolme", oli Hillevi vastannut.

"Hyvä juttu, muuten voisi käydä kuten yhdelle hepulle Oulusta. Tämä on muuten tosi juttu, sen kertoi minulle yksi Oulun konstista. Se meni näin:

Kaksi kaveria jutteli lapsista.
- Montako lasta sinulla on?
- Kuusi.
- Aika monta.
- Niinpä, mutta veljelläni on kahdeksan.
- Vautsi. Saman naisen kanssako?
- Ei, kyllä meillä kummallakin on oma vaimo."

Kirmo alkoi hirnua naurusta eikä voinut pidättää pientä kyynelvuota silmistään, sillä hänestä juttu oli sangen huvittava.

Tunnelma keveni välittömästi, ja jutellen niitä ja näitä he saapuivat Talvikkitielle ja astuivat CAF-salin ovesta sisään respaan. Vastaanoton virkailijat toivottivat iloisesti tervetuloa ja lisäsivät kehotuksen nauttia treenistä, nuorempi viestitti ilmeellään myös tarkoittavansa sitä, vanhempi selvästi varautuneena ja siirtyen nopeasti pois tiskin äärestä takatiloihin.

"Valitettavasti tällä kertaa en ole menossa treenaamaan", Kirmo vastasi. Sen sijaan hän pyysi saada tavata salin esimiestä. Neitonen kertoi, että salipäällikkö olisi toisen kerroksen työhuoneessaan, ja kilautti hänelle saman tien.

"Täällä on kaksi poliisia, jotka haluavat tavata sinut." Puhelun jälkeen aulapalvelija ohjasi Kirmon ja Hillevin salipäällikön huoneeseen.

Heidän kömpiessään toiseen kerrokseen Kirmo kysyi:

"Miksi vaikutat niin umpimieliseltä? Onko jokin hätänä?"

Hillevi puuskutti ylös portaita ja mutisi:

"Mehän sovimme etten ole mukana kenttätyössä. Ja mitäs tämä nyt sitten on? Sinä vain olet niin hyvä puhumaan, silloin kun sille päälle satut. Olet aivan kuin Antonius Padovalainen, joka sai kalatkin kuuntelemaan saarnojaan. Sinulle käy vielä aivan samoin kuin hänelle 1200-luvun Padovassa. Sinun kielesi ja leukasi leikataan irti ja kiinnitetään kultaiseen timantein koristeltuun jalustaan ja varmaankin ripustetaan KRP:n päämajaan kaikkien nähtäville. Sitten sanotaan, että tässä näette taivuttelijamestarin leuat ja kielen, ne kävivät kuin Singerin ompelukone ja saivat kaikkien, varsinkin naisten päät aivan pyörälle. Hän vaikutti niin hiljaiselta, kaikki taivastelevat, mutta syvissä vesissä ne suuret kalat kutevat."

"Voin soittaa Mikolle ja kertoa, että komensin sinut mukaani vain tällaiselle rutiinikäynnille. Sanon, että tämä oli paljon vaarattomampi kuin Linnanmäen keikka, jonka Mikko etukäteen hyväksyi", Kirmo hymähti Hillevin vuodatukseen.

Turinointi loppui, sillä he astuivat salipäällikön työhuoneeseen.

"Tämä on vain rutiinikäynti", he rauhoittelivat Jari Larssenia esiteltyään ensin itsensä.

"Meidän olisi saatava tarkistettua erään saliasiakkaan mahdollinen salikäynti ja siihen liittyvät seikat", Hillevi aloitti ja Kirmo jatkoi:

"Voitko varmistaa, kävikö henkilö nimeltä Tiina Mämmi eilen salilla ja Cardio Energy -nimisellä ryhmäliikuntatunnilla? Selvitätkö, kuka oli tämän jumpan vetäjä ja ketkä kaikki olivat tunnilla läsnä?"

Hermostuneen oloinen Jari alkoi näpytellä koneelleen hakutietoja. Hetkisen kuluttua hän nousi, ja siirtyi poimimaan tulostimesta paperiarkin, jonka ojensi Kirmolle.

Listasta selvisi, että kyseisen tunnin ohjaaja oli Kirsikka Komula. Läsnäolijoita oli yhteensä 30.

Kirmo antoi katseensa kelata nimilistan läpi. Hänen katseensa pysähtyi muutamassa kohdassa.

Heini Jutila, Virve Näkyvä, Maarju Pedaru.

"Voisitko tulostaa meille myös kaikkien näiden henkilöiden yhteystiedot, kännykkänumerot sekä osoitteet, niin että voimme ottaa heihin tarvittaessa yhteyden", tarkkana naisena Hillevi pyysi Jarilta ja jatkoi: "lisäksi edellytämme, ettet kerro kenellekään käyntimme aihetta."

Vaisun oloinen Jari nyökkäili.

"Tiedätkö, mistä voisimme parhaiten tavoittaa tunnin vetäjän eli Kirsikka Komulan", Kirmo kysyi.

Jari vastasi hetken tietokonetta näprättyään: "Tällä hetkellä hän on meidän toisella salillamme Itäkeskuksessa. Näyttää olevan tulossa tänne tänään iltapäivällä. Viestitänkö hänelle jotakin?"

Kirmo – huomatessaan Jarin jännittyneisyyden – vastasi rauhallisella ja rauhoittavalla äänellä: "Ei tarvitse tehdä mitään, kiitos. Me otamme häneen yhteyttä. Mutta kun käyntimme on kuitenkin jo herättänyt huomiota, niin tässä vaiheessa voisit kertoa henkilöstöllesi, että tulimme tänne vain tarkistamaan, olitteko havainneet epätavallista liikettä tuossa vieressä olevassa kiinteistössä, koska sinne oli murtauduttu, ja että tutkimme kaikki lähikiinteistöt tässä asiassa. Se riittänee tässä vaiheessa."

"Teemme vielä kierroksen kuntokeskuksen tiloissa", Hillevi sanoi, nousi ja ojensi kätelläkseen Jaria.

9

Suuret ajatukset ihmiselon ihanuudesta ja kurjuudesta suhisivat Heinin päässä, mielikuvia ilmaantui ja vilisti pois, vailla loogista järjestystä. Osa niistä oli aivan painokelvottomia ja vain häntä itseään varten, ne koskivat hänen hinkuaan, mutta osa oli yhtä ihmistä suurempia mietintöjä, joita jokainen filosofikin olisi kadehtinut. Juuri nyt päässä pyöri hänen äskettäin lukemansa Alexandre Dumas'n teos Musta tulppaani. Siinä kirjailija pohti sitä, miten oli harvinaista, että Jumala, halutessaan saada hyvän ja jalon teon toteutetuksi, voisi löytää mieleltään sopivan ihmisen tekoa suorittamaan.

"Mutta jos Belsebubi tahtoo aiheuttaa hankaluuksia joko yksittäiselle ihmiselle tai valtiolle, olisikin peräti harvinaista, jos hän ei löytäisi roistoa, jolle tarvitsee vain antaa pieni vinkki, pelkkä kuiskaus, ja tämä ryhtyy heti toimimaan. Niin se menee täällä maan päällä, hyve loistaa poissaolollaan, ja paholainen tekee tekojaan ja houkuttaa ihmistä paljon enemmän kuin Jumalan sana tai hyvät teot konsanaan."

Näin pyörivät vakavat ja vähemmän vakavat mietteet Heinin ajatuksissa aiheuttaen kuristavaa ahdistusta. Onneksi ympäristö lievensi kauneudellaan hänen sieluntuskaansa, sillä pastori Heini Jutila käyskenteli parhaillaan rantalepikossa isovanhempiensa kesämökillä Uuraisilla, Keski-Suomessa. Mummun mökki, joksi Heinikin kesäpaikkaa kutsui, oli pieni, vain noin 40 neliöinen punainen tupa Häkijärven rannassa, lisäksi Mummulle kuului vanha saunarakennus sekä pienen, kirkasvetisen järven pinnalla keinuva laituri. Heini käyskenteli ensin Mummun omalla pihalla ja vaelsi sitten läheiselle metsäalueelle. Usein hän kierteli koko järven ympäri, sillä hän piti kosteiden heinien ja muiden kasvien tuoksusta. Hän suorastaan rakasti rämpimistä kosteikossa aamuisin; hänestä siinä oli jotakin alkuvoimaista. Samalla hänellä oli tilaisuus pohdiskella omaa elämäänsä, omaa uskoaan sekä suhdettaan maailmankaikkeuteen ja ihmisiin. Hän usein juontui muistelemaan opiskelu-aikoina käsiteltyjä uskontoon ja nimenomaan voimakkaaseen uskoon liittyviä suuntauksia, sillä hänen sielussaan kamppailivat erittäin voimakkaat tunteet.

Hän ihaili vanhoja venäläisiä uskontosuuntauksia, joita luennoitsija oli kutsunut Heinin mielestä hieman väheksyvästi lahkoiksi. Eräs häneen vaikuttanut suuntaus tai lahko oli hlystit, Venäjällä muutaman sata vuotta vaikuttanut uskonlahko, jota kaikesta maallistumisesta huolimatta esiintyi edelleen. Hlystien hengellinen päämäärä oli kuolettaa vanha syntinen minä ja synnyttää tämän kautta sieluun Kristuksen uusi tuleminen. Lihan himo kuoletettiin piiskaamalla ja sen jälkeen ekstaattisesti tainnuttiin lattialle ja aloitettiin orgiat ja oletettiin kollektiivisen naimisen poistavan kaikki synnit. Saman suuntainen liike esiintyi myös Suomessa aikanaan hyppääjien nimellä.

Toinen Heiniin vaikuttanut uskonnollinen ryhmä oli skoptsit, liike, joka päinvastoin kuin Hlystit, halusi tuhota seksuaalisen himon. Tämä toteutettiin kastroimalla miehet ja poistamalla naisten rinnat. Kastraatiovaatimus perustui käsitykseen, että syntiinlankeemuksen jälkeen ihmisiin tuli himo nimenomaan kivesten ja rintojen kautta. Niinpä ne tuli poistaa, jolloin samalla poistui himokin.

Molemmat lahkolaissuunnat koskettivat Heinin herkkää sielua. Varsinaisen uskoinspiraation hän oli saanut rippikoululeirillä, jossa hänellä oli ollut hyvin uskonkiihkoinen ja aivan Jeesuksen näköinen pappi, joka oli herättänyt Heinissä majailevan naisen. Heini oli ollut korviaan myöten rakastunut tuohon Isä Kaleviin, joka soitteli hänen sielunsa kannelta mielin määrin. Heini ei suinkaan ollut ainoa rippilapsi, joka joutui Isä Kalevin pauloihin, vaan lähes kaikki kaksikymmentä nuorta naista olivat kuin taikajuomaa juoneita ja päästään sekaisin menneitä.

Moni näistä rippilapsista irtautui Isä Kalevin voimapiiristä rippikoulun jälkeen, mutta Heini ei päässyt eroon hänen vaikutuksestaan vaan hakeutui seurakuntatoimintaan voidakseen olla lähellä Isä Kalevia. Hyvin voimakas riippuvuus kasvoi kasvamistaan, myös vahva seksuaalinen halu Isä Kalevia kohtaan lisääntyi. Heini rukoili rukoilemistaan, että Isä Kalevi huomaisi hänet ja antaisi hänelle sielun hoidon ohessa myös ruumiin hoitoa. Erään kerran heidän ollessaan kahden kesken hän teki hyökkäyksen ja yritti suudella Isä Kalevia, mutta tämä torjui hänet hienovaraisesti.

"Olet ihana nuori nainen, mutta olisi suuri synti, mikäli tekisimme huorin. Minulla on vaimo ja kolme lasta. Koeta löytää oman ikäistäsi seuraa."

Aluksi Heini oli pettynyt sydänjuuriaan myöten ja päätti välittömästi lopettaa uskomisen ja uskonnon harjoittamisen kokonaan. Tämä vaihe kesti vain muutaman viikon. Hänen sielunsa kaipasi Jumalaa tai ainakin uskomista ja jopa uskontoa, ja niin hän palasi takaisin uskovien piiriin. Tästä johti suora polku siihen, että hän halusi papiksi, haki Helsingin Yliopistoon teologiseen tiedekuntaan ja pääsi sinne.

Yliopistossa hänestä kehkeytyi varsin syvästi uskova. Lisäinspiraatiota hän sai lukemastaan historiasta, toisaalta tämä historiallinen näkemys osaltaan heikensi hänen uskoaan pyhään pappeuteen. Hän oli lukenut pappien käyttäytymisestä Suuren Pohjan sodan aikana 1700-luvun alussa. Kuinka esimerkiksi Kemiön kirkkoherra oli tehnyt kaksinkertaisen aviorikoksen, koska molemmat osapuolet olivat olleet naimisissa, ja sen jälkeen hän oli myrkyttänyt vaimonsa ja tilannut kruununvoudin murhaamisen kirveellä. Hän sai palkkansa myös maan päällä. Hänet asetettiin selälleen makaamaan, hänen jäsenensä ruhjottiin sepänvasaralla ja teilattiin, loput ripustettiin maantien varteen kaikille pelotukseksi. Rangaistus oli suurin mahdollinen, ja sen pelottavuutta lisäsi se, että pyöveli työskenteli hiljakseen, niin että uhri pysyi hereillä eikä vajonnut tajuttomuuteen.

Heini suhtautui varauksella erilaisiin ihmetapahtumiin, kuten hän niitä kutsui, ja joita suomalainenkin kirkkomaailma oli täynnä. Hän ei esimerkiksi voinut täysin uskoa tarua, jonka mukaan Lalli, sur-

mattuaan Henrik-piispan ja otettuaan tämän piispan-
hiipan mukaansa ja mentyään kotiin olisi laittanut
hiipan päähänsä, minkä jälkeen yritettyään ottaa
hiippaa pois sen mukana olisi lähtenyt sekä hiukset
että päänahka. Lalli ei tosin ollut kuollut tähän, vaan
Taivaan kirouksena hiiret söivät hänet. Tai sitä, että
Lalli olisi leikannut irti Henrikin sormen, jossa oli
piispansormus, ja pudottanut sormen lumihankeen.
Tarun mukaan sormus oli ajautunut keväällä jäälau-
talla maihin ja sen oli ottanut sokea mies, joka oli
koskettanut, jostain ihmeellisestä syystä, tällä sor-
mella silmiään ja saanut näkönsä takaisin.

Myös Gulliverin retkien isän, kirkkoherrana toi-
mineen Jonathan Swiftin pohdinnot kirkossa nukku-
misesta jättivät jälkensä Heinin mieleen. Swift oli
sitä mieltä, että nukahtelu johtui ihmisten laiskuu-
desta, ja se taas juontui ihmisten huonoista tavoista
ja siveettömästä elämästä, johon seurakuntalaiset
sunnuntaisin sortuivat. Tämän takia jumalanpalve-
lus oli puoliksi syntiä, koska ihmiset jakoivat ai-
kansa jumalansa ja mahansa välillä. He saapuivat
kirkkoon vatsa täynnä ja nukkuivat, täysin puuduk-
sissa ja turtana.

Toisena opiskeluvuotenaan Heini tutustui Max
Kretzerin Vuorisaarnateokseen. Se vaikutti häneen
suuresti. Teoksessa keskusteli kaksi pappisveljestä,
joilla oli hyvin erilainen lähestyminen kirkkoon, Ju-
malaan ja hänen sanaansa sekä siihen, miten tuli toi-
mia.

Vanhempi veli Julius jo pitemmän aikaa pappina
toimineena virkahti, että nuoruuden ihanteellisuu-
den jäädessä taakse – kuten lähes kaikille käy – par-
haita sielunpaimenia ovat keskinkertaiset kyvyt,

sillä he pitävät hyviä saarnoja sanomatta oikeastaan yhtään mitään, menevät hyviin naimisiin, saavat terveitä lapsia, eivätkä he pohdi uskon sisintä syvyyttä. He pitävät kiinni sanasta eivätkä välitä hengestä. Heidän päämietelauseensa voisi olla: "Hyvä Jumala, anna minulle vaurautta, niin ryhdyn papiksesi – pappisonneni maksiimi olisi vaimo, lapset sekä 52 sunnuntaisaarnaa vuosittain."

Nuorempi veljeksistä Konrad puolestaan vastusti kirkkoa ja halusi, että toimitaan Jeesuksen tavoin eikä pelkästään puhuta. Konradin mielestä ei voisi kuvitellakaan pelkästään kirkossa käynnin ja saarnojen kuulemisen tekevän hyvän ihmisen.

Tässä mielessä Konrad samoili samoissa mietteissä kuin Sigrid Undsetin "Lannistumattoman sydämen" päähenkilö. Hänen käsityksensä oli, että Jeesuksen sanoman mukaisesti meidän tulee olla täydellisiä siten, että todella toteutamme niitä jaloja periaatteita, jotka hän antoi meille, meidän tulee osoittaa kaiken hyvyyden Alkulähteelle syvää kunnioitusta sekä palvella lähimmäistämme parhaan kykymme mukaan. Näin voimme saavuttaa myös ikuisen autuuden. Heinin mieleen välähti vielä Viktor Rydbergin "Viimeisen ateenalaisen" Krysanteuksen samankaltainen ajatus, jonka mukaan meidän tulee tehdä hyvää tässä maailmassa hyvän itsensä tähden eikä kuolemanjälkeisen elämän pelon tähden, ja tämän hyvän tekemisen on sisällyttävä koko elämäämme ja kaikkeen toimintaamme.

Kaiken lukemansa Heini talletti mieleensä, ja antoi kirjallisuuden hahmojen muovata omaa maailmankuvaansa. Hän halusi pelastaa kaikkien sielut ja ruumiit ja yritti myös toimia sen mukaisesti. Ja lopulta, valmistuttuaan papiksi, Heini sai työpaikan pääkaupungin seurakunnasta, ja pääsi näin tutustumaan uskonnon harjoittamisen arkeen. Ajan oloon hän kuitenkin huomasi, että hänen palopuheensa – sen enempää kuin hänen voimakastahtoinen ja uskonkiihkoinen toimintansakaan – eivät herättäneet oikeastaan minkäänlaista vastakaikua, ei ihastusta eikä vihastusta. Seurakuntalaiset olivat enemmänkin tympääntyneitä, ehkäpä he nukkuivat kuten Swiftin Laracorin kirkossa.

Erään kerran kirkkoväkeä katsellessaan Heinille tuli mieleen Juice Leskisen Ekumeeninen jenkka:

Sitä pastori katteli kummissaan
Kun kirkossa näytti niin vaisulta
Oli mummoja muutama tummissaan
Kaino kuorsaus karkasi Kaisulta.

Samalta Heinistäkin tuntui sinä sunnuntaina. Hän oli jo pitkään yrittänyt miettiä, mitä voisi tehdä saadakseen enemmän intoa aikaan kirkkosalissa. Mitään keinoa hän ei kuitenkaan ollut löytänyt. Muutaman vuoden jälkeen hän alkoi jo antaa periksi. Hän alkoi jopa kyseenalaistaa omaa uskoaan. Tapahtumat maailmalla tuntuivat hänestä niin epäreiluilta ja kohtelivat joitakin ihmisiä niin väärin, että Heini epäili onko Jumalaa olemassakaan. Hänelle alkoi käydä kuten pastori Sturlalle, Gunnarssonin Jumalan ranta -teoksen päähenkilölle, joka menetti täysin uskonsa Jumalaan henkilökohtaisten koettelemusten vuoksi.

Heini keskusteli asiasta piispansa kanssa, joka koetti johdattaa Heiniä ja saada hänet uskomaan siihen, ettei ole tarkoituskaan, että ihminen ymmärtää

Jumalan suuren suunnitelman. Heinin yllätykseksi piispa vielä tarttui, hänen mielestään melkoisen yllättävällä tavalla, Heininkin tunteman Vuorisaarnateoksen veljesten keskusteluun. Piispa totesi, että suurten joukkojen tuli pysyä nimenomaan uskossa kirkossa käynnin riittävyyteen ja saarnojen kuuntelemiseen – tämä kirkon tulee varmistaa. Ihmisten on uskottava johonkin, hänelle käsittämättömään. Maailma ei pysyisi pystyssä, jos kaikki ihmiset olisivat valistuneita ihmisiä tai edes suurin osa heistä.

Heini kuunteli piispaa ja yritti nähdä asian hänen kannaltaan mutta mietti mielessään, että piispan viesti olisi ollut uskottavampi, jos se olisi annettu jossain sopivammassa paikassa. Nyt keskustelu tapahtui ravintolan kabinetissa runsaan ja kylläkin maittavan aterian jälkeen, joka oli sisältänyt kohtuullisen määrä myös alkoholijuomia. Heini huomasi, että hänen arvostamallaan piispalla oli perinteinen konjakkinenä, jota hän ei ollut aikaisemmin havainnut.

Tämän keskustelun jälkeen Heini paneutui tehtävänsä ammattitaitoisesti ja kaikkia sääntöjä tunnontarkasti noudattaen, mutta hinku häneltä puuttui, vaikkakin hän ulkonaisesti koetti huutaa ja hehkuttaa. Seurakuntalaiset eivät huomanneet mitään muutosta, eivät suuntaan eivätkä toiseen. Jotkut vanhemman puoleiset naiset kävivät kyllä kiittämässä häntä hyvästä saarnasta, mutta tämä oli ilmeisesti vain muodollisuus.

Repäistyään itsensä irti hurmosuskostaan Heinille alkoi ilmaantua voimakkaita kiusauksia, ennen kaikkea seksuaalisia. Hänen mielenkiintonsa suuntautui lähes jokaiseen mieheen, joka hänen näköpiirinsä ui. Hän myös tarttui kaikkiin tilaisuuksiin seksin harrastamiseen, ja niitähän niin hyvännäköisellä ja nuorella naisella kuin Heini oli, riitti yllin kyllin. Lisäksi häntä alkoivat vaivata pakkomielteet siitä, että hänen oli välttämättä pyydystettävä itselleen joku tietty mies. Tälle pakkomielteelleen hän ei voinut mitään vaan se voimistui voimistumistaan. Heiniä itseä jo pelotti, sillä tuo pakkomielle, joka piinasi häntä lähes joka yö, oli alkanut hallita häntä. Hänelle oli alkanut tulla täysin irrationaalisia mielihaluja. Ja nyt hänellä oli pakkomielteenä salikaveri nimeltä Kirmo Vakava.

Onneksi Heinin mieli oli rauhoittunut hänen palatessaan retkeltään Mummun mökin pihaan. Hänelle välähti mieleen Juice Leskisen Ekumeenisen jenkan loppusäe:

pastori tukehtui öylättiin
ja kohtapa kirstua höylättiin.

"Toivottavasti minun kohtaloni ei ole sama", Heini hymähti, ja astui sitten sisään mökkiin, jossa Mummo jo odotti kahvin ja karjalanpiirakoiden kanssa.

10

Kirmo Vakava istui työpöytänsä ääressä ajatuksiinsa vaipuneena. Yhtäkkiä hänelle välähti mieleen Virven kertoma tiibetiläinen viisaus, jonka mukaan hyvän elämän edellytyksiä ovat:

Syö vain puolet (siitä, mitä ajattelet),
kävele kaksinkertaisesti,
naura kolminkertaisesti ja
rakasta rajattomasti.

Siinähän se oli pähkinänkuoressa hyvän elämän resepti.

"Kun vielä oppisi soveltamaan sitä käytäntöön", Kirmo mietti. Hänen ajatuksensa katkesi kännykän hälyyn. Näyttö osoitti soittajan olevan patologi Milla.

Kirmo kuuli jo heti Millan äänestä, että tällä olisi jotain mielenkiintoista kerrottavaa. Ja niin olikin.

"Olet aika veijari, kuinka osaatkin aina hankkia tällaisia erikoisia ruumiita tutkittavakseni. Tämä tapaus Tiina oli nimittäin melkoisen hankala tapaus. Ja jopa yllätys, sillä hänen myrkkykeitoksensa oli myrkkykeisoa. Et ehkä tiedä, mutta se on melko yleinen rannoilla viihtyvä kasvi, joka aiheuttaa tuon tuostakin myrkytyksiä ennen kaikkea karjalle mutta joskus myös lapsille. Kasvin kikutoksiini on vahvaa juurakoissa ja erityisesti keväällä, mutta laimenee sen jälkeen. Kuivatus laimentaa myrkkypitoisuutta, mutta oikein käsiteltynä myrkkykeison myrkystä saadaan tosi vahvaa. Eikä siihen vaadita edes sen enempää tietoa kuin lukion tunneilta voi jäädä mieleen tai netistä löytyy, josta nyt tietenkin löytyy melkein mitä vaan. Tiinan saama annos oli erittäin suuri, joten ainetta on täytynyt vahventaa. Nyt ainakin tiedämme, mihin hän kuoli. Siispä hyvä rikoskomisario jahtaamaan vain murhaajaa, veikkaanpa että naista tällä kertaa, sillä myrkyt ovat aina olleet naisten ase. Morjens."

Kirmo päästi syvän huokauksen. Hän nojautui tuolissaan taaksepäin ja haroi hiuksiaan, mutta vain hetken. Sitten hän pontevasti avasi koneeltaan Tiina Mämmin kansion ja ryhtyi tutkimaan tiedostoja saadakseen selville, antaisiko mikään viitettä siitä, mistä Tiina oli myrkyn saanut.

Samassa känny hätyytteli uudelleen, ja vastatessaan Kirmo kuuli reippaan teknisen inssin äänen.

"Mistään Tiinan kotona olleesta astiasta ei löytynyt mitään myrkkyä, kaikki olivat puhtaita. Tosin on myönnettävä, että läpikäynti ei ollut aivan perusteellinen, sillä emme tienneet mitä etsiä ja mistä."

"Kiitos vain, tämä helpottaakin minua suunnattomasti", Kirmo huokaisi.

Lopetettuaan puhelun Kirmo ponkaisi pystyyn, suuntasi kulkunsa ulos huoneesta käytävään ja sieltä suoraan Hillevin työhuoneeseen. Ovella hän hihkaisi:

"Hellurei ja heleät tunteet, nyt mennään, rouva Laitela, eikä meinata."

Hillevi ponkaisi pystyyn innokkaasti.

"Mihin meillä nyt on niin palava hoppu?"

"Mennään vielä vähän juttuttamaan Tiina Mämmin naapureita. Kävin läpi heidän kertomuksiaan ja olen varma, että jotain on jäänyt huomaamatta. Miten olisi jos reippailisimme tämän parisen kilometriä, voimme matkalla pähkäillä tapausta?"

Se sopi hyvin Hilleville. Matkalla Kirmo jatkoi pohdintaansa:

"Oletko muuten huomannut Hillevi, että me ihmiset toimimme elämässämme melkoisella autopilot-ohjelmoinnilla? Emme useinkaan edes huomaa sitä, vaan mennä posotamme selkäytimellä, ja meiltä jäävät elämän hienoudet näkemättä ja kokematta. Meillä on aina niin kiire ei mihinkään, kuten Juha Vainion sanoittamassa Kuusamoon biisissäkin todetaan."

Hillevi katsahti esimiestään ja naurahti.

"Jaahas, nyt näkyy Virven vaikutus. Sinulla oli tosi hyvä tsäkä kun törmäsit siihen Virveen, hän on tuonut selvästi henkevyyttä vanhan rokkarin sielunelämään. Mutta olet kyllä oikeassa tuosta autopilotista, suurin osa elämäämme kuluu ajattelemattomuuteen ja siihen, että elämme joko menneisyydessä tai tulevaisuudessa. Minullakin oli tuuria, sillä Mikko on auttanut minua löytämään elämääni lisää merkityksellisyyttä ja saanut ymmärtämään sitä, että onnellisuus on sisäinen tila, ei ulkoinen."

Poliisit olivat kävelleet reippaasti ja astuivat juuri Tiinan kotitalon rappukäytävän ovesta sisään. He soittivat Tiinan alapuolella asuvan mummon eli Maijan ovikelloa.

Maija avasi oven – Hillevi oli matkan aikana soittanut ja varmistanut, että Maija oli kotona – ja he astuivat sisään. Olohuoneen sohvalla köllötti Kallekolli, jonka Maija oli adoptoinut Tiinan kuoleman jälkeen.

Kirmo aloitti.

"Olisitteko niin ystävällinen ja kertoisitte vielä kerran Tiinan kuolinpäivän tapahtumat? Aloitetaan siitä, kun tapasitte hänet porraskäytävässä."

"Totta kai, herra poliisimestari."

Kumpikaan poliiseista ei hennonnut korjata nimitystä, sillä se olisi ehkä sekoittanut Maijan selostusta. Kaikesta päätellen hän oli jo moneen kertaan miettinyt viime päivien tapahtumia.

Ja tämä jatkoi:

"No, sinä päivänä katsoin iltauutiset ja lähdin sitten käymään kaupassa tuolla Prismassa. Alaovella Tiina tuli minua vastaan ja kertoi tulevansa kuntosalilta. Hän näytti minusta jotenkin väsyneeltä ja kysyin häneltä että miten jakselet. Niin hän vastasi, että aivan hyvin, mutta tämän iltainen jumppa oli rankka ja nyt vähän väsyttää. Ja sitten hän kiipesi yläkertaan asuntoonsa."

Tämän saman olivat Hillevi ja Kirmo lukeneet jo Tiinan tiedoista, joten he hiljenivät hetkeksi. Pienen tovin jälkeen Hillevi kysyi:

"Entä sanoiko Tiina mitään muuta? Oliko hän esimerkiksi käynyt kaupassa tai kahvilassa, ostanut tai syönyt jotakin? Tai oliko puhetta mistään muusta?"

Maija vaipui hiljaisuuteen. Kirmo aikoi juuri toistaa kysymyksensä, kun Maijan kasvot yhtäkkiä kirkastuivat, hän nosti katseensa ja alkoi papattaa:

"No mutta nythän minä muistan! En tiedä onko tällä mitään merkitystä, mutta kun oikein muistelen, hän taisi puhahtaa jotakin sellaista että on se vaan niin kamalaa, kuinka ihmisiä rahastetaan kaikenlaisilla tuotteilla ja kuinka aivan paskalta oli maistunut sekin energiajuoma, oli alkanut laadunvalvonta kuulemma pahasti lipsumaan", Maija keskeytti äkisti pohtien syvällisen näköisenä ennen kuin jatkoi: "kyllä se niin oli, niin juuri, mutta en ymmärrä, miten tämä liittyy mihinkään." Hillevi ja Kirmo vilkaisivat toisiinsa. Kirmo tarttui kännykkäänsä samalla kun Hillevi käänsi Maijan huomion Kalle-kolliin.

Tekniikan pelle pelottomat saivat Kirmolta ohjeet Tiinan juomapullon tarkasta analysoinnista samoin kuin jääkaapista löytyneiden mahdollisten muiden juomien sisällön tutkimisesta. Hän pyysi myös, että tällä kertaa tutkimus tehtäisiin erittäin tarkalla seulalla ja ottaen huomioon sen, että mahdolliset myrkkyjäämät olisivat hyvin pieniä.

Hillevi ja Kirmo kuuntelivat vielä Maijan leppoisaa rupattelua ennen kuin kiittivät ja lähtivät talsimaan kohti työpaikkaansa.

Seuraavana päivänä Kirmo sai soiton tekniikan tutkijalta.

"Napakymppi, Kirmo! Juomapullo oli syyllinen, sillä siitä löytyi merkkejä kikutoksiinista. Vaikka Tiina oli ilmeisesti huuhdellut pullon, sekä korkista että pullosta löytyi selviä merkkejä tuosta myrkystä. Toivottavasti tämä tieto vie teitä eteenpäin."

11

Lauantaiaamun hämy iski Kirmon silmiin hänen avatessaan oculuksensa ja ihmetellessään, mikä maa, mikä valuutta. Hän oudoksui ympäristöään ja koetti selvittää itselleen, missä ihmeessä hän oikein oli. Hieraistuaan silmiään muutaman kerran ja katsellessaan ympärilleen hän tuli siihen tulokseen, että kaikki oli allright: hän oli kotona omassa vuoteessaan ja mikä parasta hänen vieressään oli nyt jo tuttuakin tutumpi iki-ihana persaus, sillä Virve lojui hänen vierellään ja piti tälle ominaista pientä yninän ja kuorsauksen sekaista ääntelyä.

Hitaasti Kirmo heräsi todellisuuteen ja mietti, mikä häntä vaivasi, kun hän nyt tällä tavalla oli herätessään sekaisin päästään. Hän alkoi vaivata älynystyröitään koettaen selvittää kummallista hämyä päästään aivan kuin laulun paakari Pulliainen, joka vaivasi taikinaa.

Hänelle palautui mieleen pieniä muistikuvia aamuyöltä, jonkinlaisia hämäriä unikuvia, joissa hän oli seikkaillut milloin missäkin historian aamuhämärissä. Aluksi hän oli ollut roomalainen sotilas, sitten keskiajan ritari ja viimeiseksi eräänlainen Han Solo muutaman tuhannen vuoden päässä tulevaisuudessa. Kaikesta sekavuudesta huolimatta oli kaikkien unikuvien keskeisenä juonena ollut kaunottaren pelastaminen pulasta. Kirmo oli kokenut olevansa oikein Ritari Rohkea ja Peloton, ainakin unissaan, ja hän oli pontevasti koettanut saada pelastettua neitosen, milloin prinsessa Leian, milloin Lumikin ja milloin minkäkin ihanan naisen. Neitokaisen uhkaajana oli aina ollut kaamea hirviö, jonka olomuoto oli vaihdellut satapäisestä hydrasta, jolla oli käärmeen vartalo, suureen rautakörilääseen, josta ei saanut selville, mikä otus se oikein oli.

Merkillistä oli se, että hyökkäyksen kohde muistutti hänen salilla nähnyttä vastaanoton vaaleaverikköä ja se, että uhkaavan hirviön kasvot muistuttivat miestä, joka hänen olisi pitänyt tuntea. Ongelma oli, että hän ei saanut selville miehen tarkkaa kasvo-olemusta, sillä unikuvien kasvot olivat aina jonkinlaisen usvan tai sumun peitossa, aivan kuin kasvot olisi haluttu tietoisesti häivyttää.

Varovasti Kirmo nousi ylös, koska ei halunnut häiritä Virveä, ja meni olohuoneen puolelle ravistellakseen pieniä tonttujaan ja saadakseen vastauksia kysymyksiinsä. Kuka oli pelastusta odottava prinsessa? Ja kuka oli hirviökasvojen takana oleva mies?

Vastaukset olisivat tärkeä osatekijä hänen elämässään, siitä Kirmo oli varma, ja vaikuttaisivat hänen tyytyväisyytensä ratkaisevasti, sillä nämä olivat viestejä hänen pieniltä tontuiltaan. Se ainakin oli saletti. Hän tiesi myös, että tonttujen ollessa näin hämäriä, hänen tuli vain tyytyä tilanteeseen ja antaa ajan kulua, hän ei voisi liikaa kiirehtiä, sillä turhasta kiirehtimisestä tontut vain piiloutuisivat eivätkä paljastaisi asiaa yhtään enempää.

Niinpä hän koetti rentouttaa mieltään ja kuten aina hänen näin tehdessään hänen ajatuksiinsa pulpahti mitä erilaisempia asioita. Mistähän nekin aina tulivat?

Nyt hänelle välähti mieleen sanonta "viekää tuhkatkin pesästä" ja sen alkuperä. Sanonnalla olikin realistinen peruste, sillä 1600-luvun Ruotsissa, johon Suomikin kuului, oli verotus sangen ankaraa. Talonpoikien piti maksaa muun muassa salpietariveroa, jonka maksuksi he veivät verovoudeille tuhkaa, jota käytettiin ruudin valmistamisessa. Siispä verovouti vei viimeiseksi vielä tuhkatkin pesästä. Näin se ihana rinnakkaiselo aina rakkaan Ruotsin kanssa siis sujui siihen aikaan.

"Missä olet köriläs? Tule tänne lämmittämään pientä kisumisuasi."

Makuuhuoneesta kuuluva Virven hiljainen kutsu keskeytti Kirmon mietteet, ja hän riensi tietysti pelastamaan lähimmän prinsessan ahdingosta. Virve kehräsi tyytyväisenä. He loikoilivat ja nauttivat aamuhetkestä ja toistensa läheisyydestä. Kirmo huomasi, että kyllä viehkon naisen lämmin läsnäolo tekee miehelle sitten eetvarttia.

Aamupalan ja muutaman kahvikupillisen jälkeen Virve totesi:

"Muistat kai, että menemme nyt aamulla salille. Olen varannut jumpan itselleni ja sinä lupasit lähteä mukaani."

"Tietysti. Olen jo alkanut nauttia näistä salikäynneistä, toivottavasti minusta ei kuitenkaan tule mitään addiktia vaan osaan pitää määrän kohtuullisena. Kasataan vain kamat ja pannaan menoksi."

Työasioistaan Kirmo ei ollut hiiskunut kotona mitään. Virve tiesi vain sen, että Kirmolla oli työn alla "uusi keissi", niinpä Virve oli onnellisen tietämätön siitä, että tällä kertaa Kirmolla oli treenaamisen lisäksi toinenkin syy lähteä salille: hän halusi haistella ilmaa ja tarkkailla menoa off-duty.

"Voisiko Tiina Mämmin saama myrkky olla peräisin salilta?" Se oli tietysti vain yksi monista vaihtoehdoista, mutta ihan mahdollinen. Ehkä jopa todennäköinen?

Niinpä herrasväki Virve ja Kirmo löytyivätkin salilta reilun tunnin kuluttua. Virve kiiruhti jumppaan, Kirmo puolestaan valitsi salin reunustan kuntopyörärivistöstä yhden, sopivan tarkkailuaseman kohdalta, ja asettui polkemaan.

Äkkiä Kirmo kuuli viereiseltä kuntopyörältä tutulta vaikuttavan äänen.

"On se vaan merkillistä, että me ihmiset olemme muutaman tuhat vuotta yrittäneet kehittää teknologiaa, joka poistaa ruumiillisen ponnistelun. Ja sitten kun ruumiillinen työ on minimoitu, me fiksut ja filmaattiset maksamme siitä, että pääsemme tänne rääkkäämään itseämme, ja se on vielä olevinaan jotenkin hienoa."

Kirmo vilkaisi vierelleen, jossa hänen laillaan kuntopyörää polki noin 45-50 -vuotias, ilmeisen hyväkuntoinen ja hyvästä habituksestaan tietoinen mies.

"Jep", Kirmo vastasi ja jatkoi säädettyään ensin lisää vastuksia: "sellainen luonnollinen työrasitus kuten vaikkapa lumenluonti tai mattojen tamppaaminen tai imurointi on meille nykyisin vastenmielistä, mutta täällä me suorastaan kehuskelemme sillä kuinka älyttömiä painoja ja liikkeitä teemme. Sama koskee sekä naisia että miehiä, erityisesti minua huvittaa nuorten naisten into treenata peppuja kyyk-käämällä, vaikuttavat nuo perslihakset jo melko massiivisilta nykyiselläänkin."

"Olen samaa mieltä", viereisen kuntopyörän mies kuittasi.

"Tosin nykyisen poliittisen korrektiuden aikana tuota ei oikein sovi sanoa ääneen, ainakaan suurem-massa porukassa, tai jos sanoo täytyy varautua mel-koiseen älämölöön", Kirmo jatkoi.

"Niin, niin. Vaikka on minusta vaan mukava kat-sella naista, jolla on molekyylit kohdallaan. Ja täällä sellaisia riittää", mies myönteli.

"Tämä onkin oikein hyvä kuntosali, siinäkin suh-teessa", Kirmo myönsi.

"Paitsi että tänään tuli vain kuumaa vettä. Vesi-johdoissa on jotain vikaa…"

Tähän miesten keskinäinen merkittävä filosofi-nen keskustelu päättyi. Kirmon vierustoveri lopetteli polkemisensa, nousi pyörän selästä ja huikkasi:

"Terve vaan, näkyillään!"

Samassa mies painui matkoihinsa.

Kirmo ei ehtinyt edes vastata eikä sitten viitsinyt hihkaista mitään pelkälle selälle. Hänet valtasi jäl-leen omituinen dejavu-tunne. Vuorenvarmasti hän tunsi tuon miehen, kasvot olivat aivan oudon näköi-set, mutta äänessä ja käyntitavassa oli jotakin todella tutunomaista. Kuka mies oikein oli?

"Johan nyt on hemmetti", parahti rikoskomisario alkaessaan polkea erityisen rivakkaa tahtia, nosti polkuvauhdin 25 kilometriä tunnissa -tasolle ja antoi kuntopyörän laulaa.

"Nyt poljetaan kaikki turhat mietteet huitsin nevadaan, eihän tässä ole mitään järkeä, että joka ikinen hemmo tai mimmi alkaa aiheuttaa dejavu-tunteen, eivät kaikki voi olla mitään roistoja ja roistonalkuja tai mahdollisia kuntosalimurhaajia."

Hän polki raivokkaasti koettaen karkottaa mielestään kaikki edellisen yön painajaisten aiheuttamat sekä juuri äsken syntyneet turhautumat. Ja terapia toimi. Lähes tunnin polkemisen jälkeen päässä pyörivät aivan muut asiat. Kirmo hiljensi vauhtiaan ja lopetteli pyöräilynsä pikkuhiljaa ja siirtyi sitten pukuhuoneen kautta odottamaan Virveä, joka puikahtikin pian pukkarista.

"Nyt mennään kotiin ja yhdessä kylpyyn", Virve hihkaisi, "saat pestä selkäni ja vähän hieroa niskaani. Sen jälkeen tilaan meille kiinalaisesta Malesian kanaa. Ai niin sinä tietysti vahvana miehenä haluat tulisempaa chilikanaa. Se uusi kiinalainen tekee älyttömän hyvää sapuskaa."

Kirmo myhäili tyytyväisenä, sillä hän osasi jo odottaa leppoisia lauantaihetkiä kotosalla. He olivat juuri astumassa ulko-ovesta ulos ja huikkaamassa heit respan työntekijöille, kun Kirmo havaitsi tiskin taakse tulleen naishenkilön. Siinä hänen unissaan kummitteleva dejavu -kaunotar taas oli. Kirmo häkeltyi. Hän kuitenkin pakottautui sanomaan:

"Morjens ja mukavaa päivänjatkoa!"

Vastaanoton vaaleaverikkö vastasi, mutta hänen katseensa oli varovainen ja äänensä epäröivä, aivan kuin hän olisi pelästynyt jotakin.

"Nyt mennään eikä meinata", Virve hoputti tomerasti. Kirmo hyväksyi tämänkin käskyn ja seurasi armastaan kuten cockerspanieli emäntäänsä.

12

Aurinko paistoi ihanasti ja alkoi jopa lämmittää, mies tunsi tai oli ainakin tuntevinaan kuumotuksen poskipäillään astellessaan tomerasti pitkin jalkakäytävää kohti Markettia toteuttamaan Rouvan ja ylhäisyyden hänelle antamaa tehtävää. Se olikin tärkeä tehtävä. Rouva ja ylhäisyys nimeltä Virve oli määrännyt, itse asiassa pyytänyt, Kirmoa hakemaan karamelliväriä, sillä Virve aikoi tehdä Kirmon mielileivonnaisia, aleksantereita, ja niiden kuorrutus vaati punaista väriä.

Niinpä Kirmo annettujen ohjeiden mukaisesti oli askeltamassa paikallisen Prisman ovesta sisään, kun hän äkkiä kuuli tutunomaisen, voimakkaan miesäänen karjahtavan:

"Minä rakastan sinua! Sinä olet kaikki mitä minulla on. Olen muuttunut mies, en halua mitään muuta kuin elää kanssasi. Miksi sinä pakenet minua? Mitä sinä oikein pelkäät? Tiedä se, että en koskaan päästä sinua enkä anna sinua toiselle."

Mies oli juuri jatkamaisillaan vielä "...palasi..."

Samassa hän havaitsi Kirmon, joka astui ovesta sisään. Mies lukitsi suunsa, käänsi kenkänsä kaakkoon ja luikahti nopeasti paikoitushalliin, täsmälleen vastakkaiseen suuntaan, mistä Kirmo oli tullut.

Kirmo, joka tunnollisena poliisina oli jo syöksymässä auttamaan neitokaista tätä uhkaavalta mieheltä, huomasi, ettei varsinaista apua ehkä tarvitakaan, mutta pysähtyi kuitenkin naisen viereen, joka vielä nyyhkytti ja piti käsiään kasvojensa edessä. Kirmon äänen kuullessaan nainen siirsi kätensä pois kasvojensa edestä. Kirmo hätkähti. Hän tunsi naisen. "Mikä hätänä? Voinko auttaa?" Kirmo kysyi. Nämä kauniit kasvot hän oli nähnyt CAF-salilla. Hän oli se kaunis, tutuntuinen vaalea nainen vastaanotosta, joka puhui eestiläisellä korostuksella. Nimeltään hän oli Maarju Pedaru, sen Kirmo oli jo selvittänyt. Mitään muuta Kirmo ei kuitenkaan hänestä tiennyt.

"Ei tässä mitään hätää, mies on vanha tuttu, hän oli vain vähän aggressiivisella päällä tällä kertaa, mutta minä pärjään kyllä hänen kanssaan. Hän oli vihainen minulle aivan aiheesta."

Kirmo ei suinkaan ollut vakuuttunut naisen selityksestä, mutta päätti antaa asian olla, koska mitään ei ollut tapahtunut. Sen verran poliisia oli kuitenkin hänen sisällään, että antoi ohjeet.

"Jos tuo mies vielä vaivaa tai jotenkin uhkaa, suosittelen hakemaan lähestymiskieltoa Vantaan käräjäoikeudelta. Se tuo ainakin jonkinasteista turvaa."

"Kiitos neuvosta", vastasi nainen nyyhkyttävällä äänellä. "Minun täytyy nyt mennä. Kiitos paljon."

Nainen lähti jatkamaan matkaansa Kirmon katseen seuratessa hänen menoaan niin tiukasti, että se olisi voitu tulkita jopa seksuaaliseksi häirinnäksi, kuten joidenkin työpaikkojen ohjeiden mukaisesti viipyilevät katseet tulkitaan.

Huolimatta uhasta, että syyllistyisi seksuaaliseen häirintään, Kirmo tuijotti Maarjun poistuvaa perää – ei niinkään seksuaalisessa mielessä, vaikka kyseinen perä olikin erinomainen katseltava – vaan koettaen palauttaa mieleensä, miksi tämä nainen vaivasi hänen mieltään, jopa niin paljon että tunki itsensä hänen uniinsakin.

Kun Maarju katosi näköpiiristä, heräsi Kirmo hätkähtäen hetkeen ja tajusi, että Rouvan ja ylhäisyyden antama tehtävä oli vielä toteuttamatta. Hän sujahti sisään kauppaan ja nappasi lähimmän vapaalta näyttävän myyjän käsiinsä ja kysyi tomerasti: "Ystävä hyvä. Tarvitsen punaista karamelliväriä, mistä löytyisi, osaatko kertoa?"

"Välikkö 12, hyllyt 5 ja 6, siellä ovat kaikki leivontatarvikkeet", myyjä osoitti oikealla kädellään suuntaa selvästi häkeltyneenä.

"Kiitos paljon", totesi Kirmo, suuntasi maustehyllyjen suuntaa ja löysikin etsimänsä enempää etsimättä. Sitten tuli pulma: Virve ei ollut kertonut, montako litraa tuota ihmeainetta tarvitaan. Poliisikomisarion tehtävänä on tehdä nopeita päätöksiä, niinpä Kirmo teki loistavan ratkaisun: hän otti kaksi pulloa, varsinkin kun ne olivat yllättävän pieniä.

Maksaessaan ostoksiaan Kirmo mielessään kiitteli pankkiherroja siitä, että nykyisin saattoi maksaa ostokset joko pienellä kortilla tai kännyllä. Hän muisti lukeneensa Mirkka Lappalaisen kirjoittamasta historiakirjasta, että Ruotsin valtakunnassa 1600-luvulla olivat asiat hieman toisin; silloin oli käytössä rahayksikköinä plootuja, joiden paino osoitti rahan arvon. Painavin plootu painoi lähes 20 kiloa, ja keskimäärinkin ne painoivat pari-kolme kiloa. Olisipa siinä kaupassakävijälle kuntoharjoittelua, jos kantaisi muutamaakin plootua kauppaan mennessään.

Näin miettien syntyjä syviä siitä, miten käytössä olevan rahan muuttuminen tai kehittyminen helpotti vaihdantataloutta hän askelsi kotiin, jossa Rouva ja ylhäisyys jo odottikin karamelliväriä. Kirmon saatua kaivettua taskustaan pullot – jotka Kirmon mielestä olivat turhankin pieniä ja joista ei hänen mielestään voinut riittää väriä oikeastaan yhtään mihinkään – Virve purskahti nauramaan.

"Rakas Kirmo, sinä toitkin sitten karamelliväriä koko meidän loppuelämäksemme. Mutta ei haittaa, tulet saamaan aleksantereita nyt sitten viikoittain, onneksi sinä tykkäät niistä."

"Kiitos paljon", Kirmo totesi ykskantaan. Hänen ajatuksensa eivät olleet Virven puheessa eivätkä edes odotettavissa olevassa aleksanterivyöryssä vaan hänen päässään jumputti ajatus:

"Kuka Maarju on?"

Ja kuka oli häntä häirinnyt mies? Saattoiko tämä olla sama hemmo, joka oli polkenut hänen vieressään kuntosalilla? Äänestä päätellen oli. Kasvoja hän ei ollut ehtinyt tänään nähdä.

Mutta kuten usein tapahtuu aivoille, kun sinne alkaa väkisten ahtaa asiaa, ajatukset eivät etene eivätkä selkiä, ja niin kävi rikoskomisariollekin. Pää meni vain entistä turremmaksi ja kaikki mahdollinen katosi johonkin ajatusavaruuteen. Kirmo teki ainoan oikean ratkaisun, hän jätti asian vatkaamisen ja työnsi ajatukset alitajunnan työstettäviksi.

13

Komisario marssi tomerin askelin kohti työpaikkaansa syvissä mietteissä. Hänen ajatuksensa eivät liittyneet millään tavalla käsillä olevaan juttuun vaan hänen edellisiltana lukemansa kirjan muutamaan lauseeseen, jotka vaivasivat häntä. Kyseessä oli Hilda Tihlän runsas 100 vuotta sitten kirjoittama kirja "Ihmisiä", jossa kirjailija antoi melko armottoman tuomion silloisista poliittisista toimijoista. Tämä kävi ilmi päähenkilön, Olavin, ajatuksista tämän kuunnellessa heikompiosaisten esitaistelijan, enonsa, puhetta.

Olavi näki enossaan vain huomionarvoisen esimerkin siitä, miten vähillä ja höllillä ominaisuuksilla ja tiedoilla varustettu ihminen voi, sirkustemppuja käyttäen, kiinnittää joukon huomiota ja tehdä itsensä sen johtajaksi – se oli sattuva esimerkki loisesta, joka likaisena ja viekkaana eläytyy sinne, missä elämä suurimpia aatteitaan kuohuttaa.

Hildan tekstissä Kirmon ajatuksia askarrutti ensinnäkin se, että Hilda itse oli sosialisti, joka jopa pakeni Neuvostoliittoon sisällissodan jälkeen. Toinen vielä pysähdyttävämpi havainto oli kirjan lukemisen jälkeen syntynyt ajatusaihio siitä, kuinka pätevä ja soveltuva tuo lauselma oli nykyisenkin poliittisen elämän vaikuttajiin. Kirmon mielestä Hilda oli osannut ennakoida hyvin tulevaisuuden, satakunta vuotta ennen nykyhetkeä.

Äkkiä kuului jarrujen kirskuntaa. Sitä seurasi kiukkuinen karjahdus:

"Etkö sinä hemmetin tumpelo näe, että jalankulkijalla on punainen valo! Oletko sinä joku kamikazekulkija olevinasi?"

Kirmo hätkähti, hypähti taaksepäin ja huomasi, että aivan hänen oikealla puolellaan oli suuri kuorma-auto pysähtynyt, ilmeisesti äkisti, samalla hän huomasi myös, että hänen edessään oleva liikennevalo oli Maon punainen. Sydän pampattaen hän huudahti kuorma-auton kuljettajalle:

"Anteeksi, olin niin ajatuksissani."

Autokuski painoi kaasua ja ajoi tiehensä Kirmon jäädessä odottamaan valon vaihtumista ja alkaessa hitaasti palata takaisin nykyhetkeen ja sen vaatimaan toimintaan, joka jo hamusikin pään käyttöä muuhun kuin vanhojen kirjojen antamien aivoituksien märehtimiseen. Hän kiirehti askeliaan ja päätti elää enemmän läsnäolohetkessä ja jättää murehtimiset kotisohvalle. Muutaman tiiman kuluttua hän askelsi KRP:n toimitaloon, huikkasi respan virkailijalle huomenen ja taivalsi omaan työhuoneeseensa.

Aivan ensiksi Kirmo kilautti Hilleville ja sai iloisen vastauksen hyvään huomeneensa. Kirmo esitti Hilleville pyynnön, jonka tämä riensi toteuttamaan saapumalla Kirmon työhuoneeseen.

Yllätyksenä, ehkäpä kirsikkana kakun päällä, Hillevin seurana olikin Kirsikka Komula, CAF-salin jumppaohjaaja, jonka Kirmo oli pyytänyt puheilleen alustavaan keskusteluun liittyen Tiina Mämmin kuolemaan, tai murhahan se enemmän olikin.

Tervehtiessään Kirsikkaa Kirmo katsoi häntä suoraan silmiin ja totesi rauhallisesti:

"Olemme pyytäneet sinut tänne liittyen Tiina Mämmin kuolemaan. Tiedämme, että hän oli juuri ennen kuolemaansa osallistunut sinun vetämääsi liikuntatuntiin ja ajattelimme, että voisit valaista meitä tunnin kulusta. Sopiiko sinulle, että nauhoitamme keskustelun?"

Kirsikan nyökättyä hyväksyvästi Kirmo lähti ohjaamaan rouvia Kyttä 1 -neukkariin, jossa oli paremmat tallennusvälineet.

Siellä he istuutuivat pöydän ääreen. Käynnistettyään tallennuksen Kirmo aloitti kertaamalla tapahtumat soveltuvin osin, ja jatkoi sitten tekemällä tarkentavia kysymyksiä Hillevin seuratessa tiukasti kuin emomangusti poikaisiaan vahtiessaan.

"Tapahtuiko mielestäsi tunnin aikana mitään poikkeuksellista? Kiinnittikö huomiotasi joku henkilö tai jokin tilanne tai tapahtuma? Pienikin yksityiskohta voi olla tärkeä."

Kirsikka oli vaivautuneen näköinen.

"Valitettavasti en huomannut mitään erityistä tunnin aikana, mutta en tietenkään voi olla varma. Sali on melko iso, ja minun pitää tietysti seurata jumppareita mutta myös yhtä aikaa ohjata, huolehtia musiikista ja tehdä itse liikkeet malliksi. Tunnin päätteeksi meillä on, ai niin sillä kertaa oli myös tunnin puolessa välissä, rentoutumishetki, jolloin kaikki, myös minä, olemme selinmakuulla ja silmät kiinni ja hengitämme maailmankaikkeuden energiaa itseemme."

Tämän kaiken Kirmo jo tiesikin, sillä Virve oli valistanut häntä tuntien sisällöistä jo hyvän aikaa sitten. Mutta hän jatkoi sinnikkäästi:

"Kun teitä oli kuitenkin melko paljon läsnä, taisi olla kolmisenkymmentä, pystyitkö tai pystytkö yleensä seuraamaan mitä kukakin puuhailee? Vai vallitseeko tunnilla yleinen anarkia ja kukin tekee mitä mieli tekee?"

Kirsikka havahtui selvästi.

"Voidaan kai ajatella, että yleensä modernit suomalaiset naiset tekevät mitä itse mielivät. Mutta näissä salijumpissa on sellainen erikoinen piirre, että naiset tekevät auliisti kaiken, mitä jumppari käskee, jopa kaikkea sellaista, joka miesten vaatimana johtaisi äkkiä lainsäädäntöön, joka määräisi sen lainavastaiseksi. Mutta en tietenkään voi koko ajan tarkkailla kaikkia läsnäolijoita; tunnin aikana voi tapahtua lähes mitä vain, jota en voi huomata. Lisäksi meillä on satunnaisia juomataukoja, jonka aikana ihmiset voivat ottaa juotavaa, ja joskus heidän juomapullonsa ovat myös salin reunoilla. Vaikkakin salin ohjeiden mukaan ryhmäliikuntatuntien aikana vapaa liikkuminen ei ole sallittua."

Hillevi kohotti kysyvästi kulmiaan.

"Niin. Tämä käytäntö on kaikkien turvallisuuden vuoksi. Toisinaan tunnit ovat täynnä, lisäksi käytetään painoja, tankoja, keppejä, kahvakuulia. Voisi sattua pahojakin törmäyksiä, jos liikkuminen olisi kovin vapaata."

Kirmo päätti paljastaa Kirsikalle epäilyksensä.

"Meillä on sellainen käsitys, että Tiina Mämmin saama myrkkyannos oli hänen juomapullossaan ja että tämä annos ujutettiin hänen pulloonsa salilla, jumppatunnilla tai ennen salille tuloa. Tämä jälkimmäisin vaihtoehto on epäuskottava, koska tilaisuuksia tähän on ollut niin vähän."

Erittäin hämmästyneenä Kirmon paljastuksesta Kirsikka änkytti.

"En ymmärrä miten kukaan olisi voinut jumppatunnin aikana antaa mitään myrkkyä mihinkään. En ainakaan pysty muistamaan mitään sellaiseen viittaavaa", Kirsikka vastasi hätäisesti ja jatkoi: "Oletteko kyselleet jumpan osallistujilta? Ehkä he olisivat huomanneet jotakin? Sillä kertaa mukana oli myös toisia ohjaajia."

Kirmo ei vastannut Kirsikalle mitään vaan kääntyi Hillevin puoleen.

"Hillevi hyvä, sinullahan oli jotakin erityistä kysyttävää Kirsikalta?"

Hillevi, joka oli tähän asti istunut hiirenhiljaa, rykäisi hieman.

"Olemme tutkineet Tiina Mämmin matkapuhelimen sisältämät tiedot. Olemme löytäneet sieltä paljon viestejä, jotka on lähettänyt muuan Sakuranohana."

Ennen kuin Hillevi ehti jatkaa, Kirsikka valahti ensin aivan kuolonkalpeaksi ja sen jälkeen vihasta punaiseksi.

"Niin?" Kirmo katsoi kysyvästi.

"Hyvä on, minä tunnustan", Kirsikka kirahti tukahtuneella äänellä. "Minä olen Sakuranohana. Mutta en minä ole ketään myrkyttänyt! Halusin vain, että Tiina tunnustaa tekonsa ja pyytää minulta anteeksi. En minä pysty ketään tappamaan!" Kirsikka, vaikka olikin pienikokoinen nainen, vaipui vielä pienemmäksi ja kyyristyi tuolilleen kuin kilpikonna kuoreensa pelästyessään. "Minä… minä… olen vieläkin vähän ihmeissäni Tiinan kuolemasta. Vaikka ensimmäinen ajatukseni oli, että se oli sille haukalle aivan oikein", Kirsikka tuskin kuultavasti kuiskasi.

Rikospoliisit vaihtoivat keskenään ihmetystä sisältäneen katseen. Molemmat pohtivat, selkenisikö tämä omituinen myrkytystapaus näin helposti? Saisivatko he jopa puristettua tunnustuksen tuota pikaa? He odottivat ja antoivat Kirsikan kiehua omissa liemissään olettaen, että jatkoa seuraa. Vaan ei, Kirsikka painui entistä enemmän kasaan ja nyyhkäisi.

Hillevi katkaisi hiljaisuuden.

"Rauhoitutaanpa nyt hiukan ja käydään asia läpi kohta kohdalta. Siispä sinä olet Sakuranohana, joka on lähettänyt uhkausviestejä Tiina Mämmille?"

"Niin", Kirsikka kuiskasi.

"Sinä olet vetänyt CAF-salilla liikuntatuntia, jonka jälkeen Tiina Mämmi on kuollut myrkkyyn? Sinä olet ollut paikalla, jossa Tiina Mämmin juomapulloon on todennäköisesti laitettu mainittu myrkky?"

"Niin."

"Ymmärrätkö, että sinulla on ollut erinomainen tilaisuus Tiina Mämmin myrkyttämiseen, ja Sakuranohanan viesteistä päätellen sinulla on ollut myös motiivi siihen. Koska olit jumpan vetäjä, olet voinut varsin hyvin esimerkiksi rentoutumishetken aikana vaihtaa Tiina Mämmin juomapullon sellaiseen, jossa oli myrkkyä. Tiinan juomapullo, ainakin se, jonka löysimme hänen kotoaan oli aivan tavanomainen energiajuomapullo, joita salillakin on kaupan. Miten voit selittää nämä oudot yhteensattumat?"

"En ole kuitenkaan tappanut ketään, en Tiinaa enkä ketään muutakaan. En tiedä myrkyistä mitään, en edes osaisi myrkyttää ketään."

Perääntamattomana poliisina Hillevi kuitenkin jatkoi:

"Tuota ei usko Erkkikään, sillä netti on täynnä tietoa kaikenlaisista myrkyistä, niiden käytöstä, vaikutuksista ja kaikesta muusta. Muutamalla klikkauksella googleen voi kenestä tahansa netinkäyttäjästä tulla Ritaritar Siniparta."

Kirmo oli seurannut tarkasti Kirsikan käyttäytymistä. Hänestä se vaikutti rehelliseltä, mutta hän halusi vielä varmistuksen.

"Miksi sitten olet lähettänyt Tiina Mämmille uhkausviestejä? Viimeisin niistä, hänen kuolinpäivältään, on itse asiassa aivan karmea. Haluatko, että toistamme sen?"

Kirsikka nikotteli ja niiskutti, mutta pystyi kuiskaamaan:

"Ei tarvitse, muistan kyllä sen."

Hän jatkoi hiljaista niiskutustaan. Useamman kerran vaikutti siltä kuin hän aikoisi aukaista suunsa, mutta ei tahtonut saada ääntään kuuluville. Kunnes sitten tovin kuluttua hän ryhdistäytyi ja alkoi hätäisesti ja sekavasti suoltaa tarinaa.

"En todellakaan ole tappanut enkä myrkyttänyt ketään, en edes mulkensson Tiinaa, vaikka olenkin lähettänyt hänelle noita viestejä. Kerron teille syyn noihin viesteihin."

"Hyvä. Kuuntelemme."

"Tiina oli varsinainen lurjus, joka ansaitsi rangaistuksen, mutta kuolema oli silti liian ankara. Törmäsin Tiina Mämmiin – tai oikeastaan en häneen itseensä vaan asiakirjaan, jonka hän oli laatinut. Ja kaikki tämä aiheutti minulle sekä suuren mielipahan että melkoisen taloudellisen tappion. Kerron teille nyt koko tarinan.

Tätini Irmeli, isäni sisar, oli suomalaisittain varakas leski, jolla ei ollut oma lapsia. Hänen omaisuutensa määrä oli muutamia miljoonia euroja. Kaksi viimeistä vuottaan hän asui Palvelutalo Iki-ihanassa Lauttasaaressa. Hänen varansa riittivät hyvin mukavaan elämään palvelutalossa. Hän oli terve ja hyvinvoiva, paitsi että noin vuosi ennen kuolemaa häneltä meni näkö kovin huonoksi ja lopulta hänestä tuli lähes sokea.

Niihin aikoihin, kun Irmeli vielä asui omassa kodissaan, kävin hänen luonaan lähes viikoittain. Kävimme yhdessä kävelyllä, juttelimme, söimme, vein häntä autolla ostoksille. Irmelin muutettua Lauttasaareen pistäydyin harvemmin, koska hän kuitenkin oli palvelutalossa, jossa kaikki palvelut olivat saatavilla. Lisäksi minun täytyi samanaikaisesti hoitaa myös omaa dementoitunutta äitiämme. Viimeisen kahden vuoden aikana en kovin usein käynyt Irmelin luona, vaan veljeni Lauri otti kontolleen hänen luonaan käymisen, erityisesti Laurin rahanhakuinen vaimo Sirkka kävi mielellään Irmelin luona. Irmeli lempeänä ihmisenä muisti hänen käyntejään eri tavoin, myös rahallisesti.

Sitten Irmeli kuoli. Ja yllättäen löytyi vain puoli vuotta ennen kuolemaa laadittu testamentti, joka määräsi Irmelin kaiken omaisuuden Sirkalle, siis veljeni vaimolle. Testamentti tuli täytenä yllätyksenä meille, siis veljelleni ja minulle, jotka olimme ainoat perilliset. Lauri kauhisteli minulle testamenttia. Hän vannoi, ettei ollut tiennyt asiasta mitään ja vakuutti minulle aina, että tätini oli jatkuvasti luvannut perinnön verisukulaisilleen eli meille kahdelle.

Testamentin oli laatinut Tiina Snellman. Hän oli silloin vielä naimisissa, mutta erosi riitaisan eron jälkeen ja otti käyttöön tyttönimensä Mämmi. Hänen lisäkseen testamentin toisena todistajana oli palvelutalon työntekijä, joka sitten mystisesti katosi kuin tuhka tuuleen tätini kuoleman jälkeen. Tiina toimi palvelutalon talouspäällikkönä ja hänellä oli suuri henkinen vaikutus palvelutalon asukkaisiin, myös tätiini. Näin ainakin veljeni kertoi minulle. Kaiken huipuksi Tiina oli sangen hyvä ystävä kälyni Sirkan kanssa – itse asiassa juuri Tiinan takia veljeni ja Sirkka halusivat tätini menevän asumaan Iki-Ihanaan.

Tätini oli sukukeskeinen ja elinaikanaan myös erittäin kiintynyt veljeensä, siis isäämme, joten testamentti oli todella omituinen ja epäilyttävä. Alusta alkaen olin varma, että tätini ei tehnyt sitä vapaaehtoisesti ja tieten tahtoen, mutta testamentin pätemättömäksi osoittaminen olisi ollut sangen vaikeaa.

Sitten – yllättäen, noin vuosi sitten – huomasin, että Tiina oli liittynyt CAF-salin jäseneksi ja alkoi käydä myös jumpissani. Aloin tarkkailla ja tutkailla häntä, yritin saada selville jotakin, jonka avulla voisin osoittaa testamentin pätemättömyyden. Huomasin myös, että Tiinalla oli kalliita varusteita ja sain selville, että hän oli ostanut ison terassiasunnon vain parisen kuukautta tätini kuoleman jälkeen. Tiina oli siis ilmeisesti kokenut äkkirikastumisen ihmeen. Minä uskon, että tämä ihmevaurastuminen on tapahtunut tätini avulla sekä kälyni Sirkan suosiollisella myötävaikutuksella. Tällaisiin johtopäätöksiin ainakin tulin.

Salilla Tiina käyttäytyi kuin olisin ilmaa. Hän ei muka muistanut minua alkuunkaan vaan eleli omaa, hulppealta näyttävää elämää ilman katumuksen häivääkään. Lopulta päätin, että yritän murtaa Tiinan suojamuurin, yritän saada hänet pelkäämään niin paljon, että hän jotenkin paljastaa, miten testamentti oli saatu aikaan ja mitä hän oli hyötynyt siitä. Pahinta kaikessa oli vielä, että välini veljeni kanssa menivät aivan rikki, olimme pienestä lähtien olleet erittäin läheiset mutta testamentti sotki kaiken. Jostain syystä veljenikin otti minuun etäisyyttä eikä edes yrittänyt yhtään parantaa tilannetta. Seurasi täydellinen hiljaisuus. Kälyni Sirkka sen sijaan näytti nauttivan uudesta varakkaan porvarisrouvan asemasta täysin siemauksin. Se on epäoikeudenmukaisuuden huippu. Ja sitä minä en enää sietänyt, vaan aloin lähetellä Tiinalle viestejä. En paljastanut itseäni viestien lähettäjäksi, sillä en ollut vielä varma, mitä aioin hänelle tehdä."

Kirsikka vaikeni äkisti. Seurasi dramaattinen hiljaisuus, ennen kuin hän sanoi nopeasti:

"Tässä koko tarina. Mutta en ole tappanut Tiinaa, sen vannon."

Hillevi katsoi vakavana Kirmoon ja totesi:

"No, ainakin kertomukseni selittää viestit. Mutta ymmärräthän, että viestisi sisältävät laittoman uhkauksen ja osoittavat myös, että sinulla oli motiivi Tiinan tappamiseen?"

Kirsikka istui hiljaa pää painuksissa eikä vastannut mitään.

Kirmo nousi sammuttamaan tallennuslaitteen.

"Kiitos sinulle, tältä osin asia ainakin selvisi. Mutta emme voi vapauttaa sinua vielä epäilyistä. Voit nyt lähteä, mutta jos muistat jotakin joka voisi selventää asiaa ja auttaa tutkimuksissamme, otatko yhteyttä joko Hilleviin tai minuun."

Kirsikka nousi lähteäkseen, sanoi näkemiin ja siirtyi ovesta ulos Hillevin opastaessa häntä ystävällisesti. Kirmon jäi seisomaan ja pohtimaan, olisiko tuo viehkeä nainen niin erinomainen valehtelija, että voisi harhauttaa heitä.

Voisiko Kirsikka todentuntuisesta sepityksestä huolimatta olla kuntosalin myrkkymurhaaja? Vai oliko hänen kertomansa rehellinen kuvaus tapahtumista? Tai ehkä hämäykseksi keksitty osatotuus?

"Faktat on ensimmäiseksi tarkistettava. Lisäksi meidän on varmasti syystä käydä Tiina Mämmin työpaikalla. Ja Kirsikkaa täytyy edelleen pitää silmällä, sillä on syytä muistaa koston ja nimenomaan naisen koston olevan kauheaakin kauheampi. Pitkävihaisuus on mahtava voima", Kirmo puhahti.

14

Kello yöpöydällä näytti 6.35, kun Marjukka Mäki heräsi. Hän tunsi olevansa elämänsä kunnossa, hän haukotteli ja venytteli nautinnollisesti vuoteessaan. Sitten hän katsahti vieressään unen helmoissa lepäilevää miestään Markkua, joka näytti olevan vielä kaukana tästä matoisesta maailmasta.

Marjukka oli kuulevinaan Markun naurahtavan ja myhäilevän hiljaisella äänellä: "Olette sitten suloisia." Marjukka tiesi mitä hänen päässään liikkui, sillä he olivat tästä jutelleet niin monen monituista kertaa.

"Meillä on Mummin kanssa ollut suuri onni saada noin ihanat lapsenlapset kuin te olette", oli Markku sanonut eilen illalla heidän hyvästellessään kahta eläväistä leikki-ikäistä. "Meistä on aina suurenmoista kun olette täällä meillä hoidossa ja olihan meillä kiva reissu Korkeasaaressa tänään vai mitä? Ensi kerralla voitte jäädä vaikka yökylään, joohan?"

Markulle ja Marjukalle heidän vanhimman poikansa lapset olivat kultaakin kalliimmat. Onneksi he saivat nauttia lastenlastensa seurasta useinkin, sillä lapset tulivat erittäin mielellään mummolaan touhuamaan isovanhempiensa kanssa.

"On se vaan merkillinen juttu, miten yhteiselo tuon miehenkörilään kanssa sujuu niin muikeasti, vaikka yhteisiä vuosia on jo yli kolmekymmentä ja ikääkin molemmilla yli kuusikymmentä vuotta. Kyllä rakkaus oli paras lääke kaikkeen."

Näine mietteineen Marjukka nousi varovasti, sillä hän ei halunnut herättää ukkokörilästään vaan soi hänelle mielellään vielä tovin unta. Tarpeeksi hiljaa Marjukka ei kuitenkaan onnistunut nousemaan, koska samassa miehen silmät avautuivat ja uninen ääni mumisi: "Jokos sinä nouset?"

"Ota sinä vielä pienet unet, keitän kahvit ja laitan aamupalan valmiiksi", Marjukka vastasi.

Näin aamu lähti käyntiin Mäen perheessä, melko tavanomaisesti, ja pian molemmat istuivat syödä mutustamassa aamupalaansa sekä hörpiskelemässä aamukahviaan. Muutaman kahvimukillisen jälkeen vaikuttivat he jo saapuneen jälleen tähän maailmaan, ja Markku varmisti aamupäivän ohjelman.

"Suuntaamme siis CAF-salille pikapuoliin? Alkoiko sinun jumppasi jo kello 9.00 vai miten se oli?"

"Jep, tällä kertaa se alkaa jo kello 9, sen vuoksi että Kirsikka joutui tuuramaan toisen salin jumpanvetäjää ja hänen on ehdittävä Selloon puoli yhdeksitoista."

"Samapa tuo minulle, menemmekö salille kello 9 vai 10, olen vetreä papparainen ja nyt jo täysin hereilläkin."

Puolisot jatkoivat tavanomaisia aamutoimiaan, jutustelivat niitä näitä siinä lomassa ja suuntasivat jo hyvissä ajoin lempisalilleen Tikkurilan keskustassa. Yleensä heidän salille mennessään Marjukka oli kuskina.

"Olet yhtä hyvä kuski kuin minä", Markku selitti, "ja minä kun en viitsi kantaa lompakkoa enkä ottaa ajokorttia meesiin, ja sinä kuitenkin kuljet aina laukku mukana, siispä saat kunnian toimia minun kuskinani."

Marjukka oli hyväksynyt tämän työnjaon jo vuosia sitten ja niinpä tälläkin kertaa hän kaahaili heidän Toyota Yaris -vauhtihirviöllään salille. He saapuivat sinne hyvissä ajoin, koska Markku halusi aina olla ajoissa joka paikassa. Nytkin he olivat paikalla jo parisenkymmentä minuuttia ennen jumpan alkua.

"Sinulla on mainio tilaisuus sosiaaliseen kuukkelointiin, josta niin paljon tykkäät", Markku huikkasi vaimolleen livahtaessaan miesten pukkariin. Siellä hän vaihtoi treenikamppeet päälleen ja riensi sitten kuntopyöräilemään, sillä hän oli päättänyt tänään tehdä oman triathloninsa, joka sisälsi ensin puolen tunnin polkemisen kuntopyörällä (matkatavoite 12 km), heti perään soutua puoli tuntia (matkatavoite 6 km) ja lopuksi viiden minuutin lankutus.

"Saas nähdä miten äijän käy", Markku puhahti itselleen istahdettuaan kuntopyörän satulaan aloittaessaan vimmatun polkemisen.

Myös Marjukka vaihtoi treenivaatteet päälle. Hän oli tyytyväinen uusiin Icaniwill-treenihousuihin – ne istuivat hyvin hänen soreaan bodiinsa. Lukittuaan tavaransa kaappiin hän käveli ripeästi Sali kakkoseen, jossa vastassa oli monta tuttua kasvoa ja iloinen puheensorina, kun ladyt ennen jumpan alkua pälpättivät keskenään. Marjukka kiirehti jututtamaan juuri vanhuuseläkkeelle jäänyttä Liisaa, joka naureskeli olevansa nyt virallisesti 64-vuotias "vanhus". Virve ja muutama nuorempi nainen liittyi myös piiriin.

Saliin alkoi kerääntyä odottavien naisten joukkoon myös henkilökuntaan kuuluvia; sekä Heini että

Maarju kertoivat tulevansa ottamaan oppia tämän jumpan ohjaamisesta, sillä Kirsikka oli siinä melkoinen peto.

"Love-to-dance-tunti ei ole välttämättä niitä kaikkein helpoimpia vedettäviä."

"Mutta Kirsikka on ihan best tässä, kuten hän on kaikissa vetämissään jumpissa", muut myötäilivät.

Intensiivisen ja energisen tunnin jälkeen hengästyneet naiset posket punaisina ja hiukset hikisinä purkautuivat ulos jumppasalista. Aulassa odotteleva Markku kuuli jo kaukaa vaimonsa iloisen äänen.

"Marjukka taitaa juuri selostaa lastenlasten nerokkaita lausahduksia", Markku mietti. "Mikähän niistä mahtoi juuri nyt noin naurattaa?"

Hersyvästi kikatellen rouvat kiiruhtivat yhdessä kohti pukuhuonetta. Virvekin purskahti iloiseen nauruun. Hekotus kaikui pukuhuoneen ulkopuolelle asti. Sieltä rouvat alkoivat yksitellen suunnistaa kuka mihinkin. Marjukka näki oman armaansa jo odottavan häntä iloissaan kuin pieni orava, mutta erittäin hikisenä.

"Minä tein sen, saavutin tavoitteeni, jippii!"

Marjukka otti osaa miehensä riemuun ja halasi tätä onnitellakseen. Pian he jo availivatkin kotinsa ovea, Markku kiirehti kääntämään saunan lämpiämään.

"Nyt vain odotellaan, että bastu lämpenee. Eiköhän meidän kannata ottaa vähän protskua rankan treenin päälle?"

"Ota sinä vain, minä join jo salilla", Marjukka vastasi ja siirtyi lattialle tekemään kevyitä venytyksiä.

Markku livahti keittiöön sekoittamaan itselleen tujauksen proteiinijuomaa. Sitten hän istahti olohuoneen sohvalle, varmuuden vuoksi pyyhkeiden päälle ettei hiki leviäisi joka nurkkaan.

Odotellessaan saunan lämpiämistä he keskustelivat viimeaikaisista poliittisista mullistuksista Lähi-idässä. Yhtäkkiä, kesken leppoisan ajatustenvaihdon, Marjukan ilme alkoi kiristyä. Hän irvisteli ilkeästi.

"Kauheaa, kuinka suutani polttaa! Miten minusta tuntuu, etten pysty puhumaan. Kielikin on aivan turta, sydämeni hakkaa ja päätäni huimaa."

Samassa Marjukka vääntäytyi pystyyn.

"Pois alta, minun pitää mennä oksentamaan!"

Hän koetti rynnätä kylpyhuoneeseen, mutta liikkuminen oli pelkkää kompurointia, ja hän kaatui maahan lattialle kylpyhuoneen oven eteen ja oksensi. Selkälihakset kouristelivat ja suusta alkoi tulla vaahtoa.

Markku meni aivan pois tolaltaan. Suunniltaan hätääntyneenä hän huusi:

"Mitä kävi, mikä sinulle tuli?"

Marjukka koetti sopertaa:

"On niin kamalan paha olo... minä varmaan kuolen..."

Markku Mäkeä ei turhaan pidetty toiminnan miehenä; hän vetäisi hätäisesti housut jalkaansa ja puseron päälleen, nosti sitten vaimonsa syliin ja kantoi hänet autoon.

"Onneksi et ollut riisunut vaatteittasi", Markku hymähti kaahatessaan Peijaksen ensiapuun.

"Luojan kiitos, asumme Ulriikanpuistossa ja sairaala on aivan kivenheiton päässä."

Markku kurvasi ensiapupolin oven eteen.

"Nyt äkkiä, vaimolla on sairauskohtaus!" Markku karjaisi sisälle.

Aivan oven lähellä oli kaksi sairaanhoitajaa, jotka ottivat paarit ja riensivät hätiin. Juosten he kantoivat Marjukan polille, josta löytyi heti lääkäri tutkimaan asiaa. Markku selitti lääkärille: "En tiedä mitä vaimolleni tapahtui. Olimme salilla, ja kun tulimme kotiin hän alkoi oksennella ja kouristella. Hän ei pystynyt puhumaan kunnolla, ainoa mitä ymmärsin oli että häntä huimaa ja sydän meinaa tulla rinnasta ulos."

"Kiitos tiedoista", totesi ensiapulääkäri ja kehotti sitten Markkua poistumaan odotussalin puolelle.

Markku ei voinut muuta kuin totella. Saatuaan auton parkkeerattua hän palasi aulaan odottamaan.

Muutaman pitkän tunnin jälkeen lääkäri palasi.

"Vaara on nyt ohi, vaimosi toipuu. Todennäköinen diagnoosi myrkytys. Annoimme hänelle ensiksi lääkehiiltä, sen lisäksi kouristukset poistimme epilepsialääkkeillä. Mikäli hengityslamaa vielä syntyy, niin viemme hänet hengityskoneeseen. Mutta vaikuttaa siltä, että ehdimme riittävän ajoissa. Vaimosi jää tänne tarkkailuun huomiseen asti."

Ennen kuin Markku ehti edes kiittää lääkäri oli mennyt. Sitä lääkäri ei paljastanut Markulle, että oireista päätellen myrkytys oli saattanut olla myrkkykeison aiheuttama. Lääkäri oli osannut epäillä sitä, sillä Milla Kärkkäinen oli tiedottanut HUS:n lääkäreitä sekä myrkkykeisomyrkytyksestä että sen hoidosta välittömästi kun Tiina Mämmin kuolinsyy oli selvinnyt. Ja nyt lääkärillä oli kiire tekemään selkoa uudesta myrkytystapauksesta KRP:lle.

15

Kirmo suunnisti kohti Ulriikanpuistoa, jonne KRP:n toimitalolta olikin vain lyhyehkö matka, reilut viisi kilometriä. Koska oli kaunis aurinkoinen päivä, hän päätti reippailla ja nauttia helottavasta auringonpaisteesta ja matkan tarjoamasta mahdollisuudesta vapaaseen ajatteluun. Kirmo oli sopinut Mäen pariskunnan kanssa tapaamisen voidakseen keskustella Marjukka Mäen myrkytyksestä ja saadakseen samalla selville, olisiko kenties miehellä eli Markku Mäellä sormensa pelissä.

Kirmo ei suinkaan ajatellut, että vaimon tappajana aina tai edes usein olisi puoliso, mutta olihan sekin vaihtoehto tutkittava. Ja oliko tällä tapauksella jotain tekemistä Tiina Mämmin murhan kanssa? Tällä kertaa hän ei ollut pyytänyt Hilleviä mukaan, sillä hän ajatteli tapaamisen olevan enemmänkin epämuodollinen keskustelutilanne eikä mikään kuulustelu. Varsinaisen asiakuulustelun hän halusi tehdä vasta myöhemmin, kunhan Marjukka Mäki olisi tarpeeksi toipunut.

Kirmo oli saanut kaikki tarpeelliset tiedot sairaalasta ja saanut tietää senkin, että Marjukka Mäki oli päässyt kotiin ja oli toipunut niin hyvin, ettei pienelle juttutuokiolle ollut mitään estettä. Niinpä hän soittikin Mäen perheen ovikelloa hieman kello 11 jälkeen tuona aurinkoisen aamuna.

Pian ovi avautui ja mieshenkilö seisoi oviaukossa, ilmeisestikin Markku Mäki, Kirmo tuumi esitellessään itsensä, kuten olikin. Ulkonäöltään molemmat jo tunnistivatkin toisensa, koska muistivat tavanneensa usein salilla. Miehet astelivat peräkanaa sisälle. Olohuoneen sohvalla istui Marjukka Mäki, jota Kirmo kätteli.

"Mikä on vointinne? Toivon mukaan jaksatte vastata muutamaan kysymykseen."

Rouva Mäki vastasi jaksavansa erittäin hyvin.

Vilkaistessaan ympärilleen Kirmo huomasi olohuoneen kalustuksen olevan tyylikkään minimalistista. Vai mitä termiä se Virve yleensä käyttikään kuvaamaan tällaista kotia? Valkoiset nahkasohvat vastakkain, niiden välissä suuri itämainen – todennäköisesti aito – käsinsolmittu matto ja sohvien välissä marmoripintainen sohvapöytä.

Koko takaseinän täytti suuri kirjahylly. Kirjallisuuden harrastajana Kirmo syrjäsilmin bongasi useita huomattavia klassikoita, ja oli mielessään pahoillaan, koska ei päässyt tutkimaan kirjahyllyä lähemmin.

"No nyt ei ole aika katsella kirjoja, Kirmo", hän hoputti itseään ja kävi suoraan asiaan. Ensin hän alkoi kysellä Mäen pariskunnalta lauantaipäivän tapahtumista. Kerronnan aloitti Marjukka Mäki; Markku Mäki esitti täydentäviä kommentteja tarvittaessa. Kirmo oli tietysti kysynyt luvan keskustelun nauhoittamiseen, joten mitään kynää ja muistilehtiötä hän ei kuulun LA-luutnantin Columbon tapaan tarvinnut.

Kun Mäen pariskunnalta alkoi kertominen loppua, Kirmo nousi.

"Kiitos paljon tiedoista. Ja kiitos kahvista sekä erinomaisesta tiikerikakusta. Palaamme asiaan virallisen lausunnon osalta vielä, kunhan olet kokonaan toipunut."

"Tällä kertaa kakun olikin leiponut Markku, hän halusi toivottaa minut tervetulleeksi sairaalasta. Myrkytys oli aivan kaamea kokemus, mutta nyt minun on pakko uskaltaa syödä, vaikka varovaiseksi se vähän teki. Markku on itse asiassa mestarileipuri, varsinkin hänen browniensa ovat suussa sulavia", Marjukka sanoi.

Kirmo havaitsi, että vaimon kehut nostivat hienoisen punan miehen kasvoille ja hän tuumi, että tämän pariskunnan elo oli niin auvoista, että miehestä oli tuskin vaimonsa myrkyttäjäksi. Niinpä hän, toivotettuaan rouvalla pikaista paranemista ja herralle mukavaa päivänjatkoa, lähti reippailemaan takaisin KRP: iin.

Tallustellessaan Asolanväylän viertä kohti määränpäätään hän pähkäili, mitä kaikkea oli selvinnyt Mäen pariskunnan kanssa rupatellessa. Hän tuli siihen tulokseen, ettei oikeastaan mitään. Ainoastaan se, että Marjukka Mäki oli saanut myrkyn lähes satavarmasti CAF-salikäynnin yhteydessä. Siis sama lähde kuin Tiina Mämmin tapauksessa.

"Mikä ihmeen Myrkky-Mirja siellä oikein on touhunnut?" Kirmo kyseli itseltään, mutta ei tietenkään tiennyt vastausta.

Yhtäkkiä hänen mieleensä juolahti kamala ajatus. Virve oli ollut Marjukan kanssa samassa jumpassa. Jos Myrkky-Mirja ei ollutkaan tarkoittanut myrkkyä Marjukalle vaan oli jostain syystä tai ehkä vain summamutikassa pannut myrkyn esimerkiksi juomapulloon kuten Tiina Mämminkin tapauksessa? Myrkky olisi siis voinut aivan yhtä hyvin joutua myös Virvelle.

Hän potkaisi jalkakäytävällä lojuvaa käpyä ja tokaisi itselleen tomerasti: "Nyt Kirmo pois kaikki feminiininen tunteilu, käytä järkeä! Mitä faktoja sinulla oli tässä vaiheessa tuolle ajatukselle? Tosin ei Marjukka eikä hänen miehensäkään olleet osanneet esittää mitään aihetta murhayritykseen tai ketään vihahenkilöä, joka voisi olla syynä myrkyn ujuttamiseen Marjukalle. Lisäksi, enhän vielä tiedä sitäkään, oliko myrkky edes juomapullossa. Tämä vaatii selvitystä."

Niinpä ensimmäiseksi työpaikalle saavuttuaan hän kilautti Pelle Pelottomille saadakseen tietää, oliko myrkyn suhteen selvinnyt mitään.

Puheluun vastannut teknikko totesi, että onhan se selvinnyt ja että myrkky oli ollut urheilujuomapullossa. Pullossa olleella myrkkyannoksella olisi tappanut jopa muutaman hevosen. Teknikko alkoi jaaritella siitä, miten joskus eläimet vahingossa söivät myrkkykeisoa, mutta tässä vaiheessa Kirmo sanoi nopeasti: "Kiitos tiedosta, saanko raportin sähköpostiini niin pian kuin mahdollista?"

Seuraava osoite olikin sitten taas CAF-sali. Ryhmäliikuntatunnilla mukana olleiden haastattelun Kirmo antoi suosiolla muille KRP:läisille, jotka oli luvattu hänen avukseen tällaisissa tilanteissa, varsinkin kun Ville oli vielä teillä tietymättömillä, oikeammin opintovapaalla. Salin henkilökuntaa Kirmo halusi haastatella itse.

"Toivottavasti tällä kertaa saamme enemmän irti sekä henkilökunnasta että jumppaan osallistuneista", Kirmo mietti.

Tähän mennessä Tiina Mämmin murhan tutkimuksissa ei ollut löytynyt mitään huomiota kiinnittävää. Kuntosalin henkilökunnan osalta tulos oli nolla lukuun ottamatta Kirsikka Komulaista, joka saatiin käsittelyyn lähettämiensä sähköpostien vuoksi. Hänenkin osuutensa myrkyttämiseen vaikutti hieman hataralta, vaikka hänellä oli sentään selvä motiivi.

"Kuka muu halusi päästä lopullisesti eroon sekä Tiina Mämmistä että Marjukka Mäestä? Ja ennen kaikkea – miksi?"

16

Kirmo suoritti tutut aamuvoimailunsa eli avasi ensin oikean silmän ja sen jälkeen vasemman silmän, tosin tämä oli enää vain vitsinä heidän, eli Virven ja hänen välillään, sillä Kirmo oli aloittanut lähes vuosi sitten tehokkaan kuntokuurin. Repäistyään molemmat silmänsä auki hän kääntyi oikealle kyljelleen ja katsoi vieressään loikovaa, ah niin ihanaa naista. Voi että hän oli kiintynyt tuohon eläväiseen, joka solullaan hän huusi rakkautta Virveä kohtaan. Lemmenkohde ei vielä tajunnut maailmasta tuon taivaallista vaan jatkoi pientä, hänelle tyypillistä urinaansa ja pihinäänsä arvaamatta, että hänen uroonsa silmäili häntä suurella rakkaudella.

Unelmoinnin pauloissa oli Kirmo vielä itsekin, ja hänen aivoissaan kierteli erilaisia ajatuksia, jotka – kuten yleensä – liittyivät joko hänen tutkimaansa juttuun tai sitten lukemaansa kirjaan. Nyt puljahti mieleen ajatus siitä, miten hänen eilisiltana lukemansa Hilda Tihlän kirjassa "Jumalan lapsia" käsiteltiin viisautta ja kuinka hienosti kirjailija toi esiin näkemyksensä toteamalla, että viisautta oli olemassa monenlaista. Oli esimerkiksi oveluutta, jota luullaan ainakin joskus viisaudeksi, tai häikäilemättömyyttä ja sydämen kovuutta, joissa myös helposti erehtyi, mutta nämä vain aiheuttivat tuhoa sekä vihaa ja katkeruutta. Sen sijaan oikea ja todellinen viisaus syntyi sydämen syvyydestä eikä sortanut eikä aiheuttanut kirousta vaan haki rauhassa itselleen vankan pohjan, jonka päälle voisi rakentaa. Kyllä siinä oli filosofian desanteilla tekemistä, että osaisivat määritellä viisauden yhtä hyvin kuin Hilda Tihlä oli tehnyt jo satakunta vuotta sitten. Virve avasi sirkeät silmänsä.

"Hyvää huomenta, rakkaani. Mitäpä tänään on ohjelmassa?"

Tämä palautti Kirmon arkipäivään ja tähän hetkeen. Hän vastasi hieman harmia äänessään:

"Huomenta kultamussu, tänään on ikävä kyllä täysi työpäivä, on haastateltava jumpassa paikalla olleita. Oikeastaan – kuten sinuakin – suurta osaa muista osallistujista ovat tiimini avuksi tulleet konstat jo haastatelleet, minun täytyy tänään vielä jututtaa Maarju Pedarua sekä Heini Jutilaa, ja tietysti myös itse Kirsikka Komula on tänään kuultavana. Nyt on pakko ponkaista ylös, hörppään pari kuppia kahvia ja säntään työpaikalle. Ladyt on kutsuttu sinne tunnin, parin välein."

Salaperäinen vaalea kaunotar CAF-salilta, Maarju Pedaru, istui jo odottamassa KRP:n toimitalon Kyttä 2-neukkarissa ja siemaili kainosti hänelle tarjoiltua kahvia. Hieman hengästyneenä paikalle porhaltanut Kirmo istahti häntä vastapäätä. Maarju vaikutti kireältä ja ehkäpä pelokkaaltakin, mutta Kirmo oletti sen johtuvan vain tilanteesta. Missäpä nuori viehättävä nainen olisi tutustunut poliisitaloon, olisihan pikemminkin outoa, jos häntä ei hieman vierastuttaisi.

Kirmo aloitti tekemällä alustavia lämmittelykysymyksiä. Hän kertoi myös, että joku paikallaolleista jumpan osanottajista oli pannut merkille Maarjun liikkuneen rentoutumishetken aikana ja touhunneen jotakin. Tähän Kirmo halusi nyt selvitystä.

Maarju kertoi tyynesti, kuin olisi lukenut valmiiksi ulkoa opettelemaansa puhetta:

"Käyn mielelläni salimme jumppien parhaiden vetäjien tunneilla oppimassa taitoa itsellenikin, siksi käyn Kirsikan tunneilla muutaman kerran viikossa. Haluan tulla yhtä hyväksi kuin hän on. Mitä tulee liikkumiseen tunnin lopussa, niin se johtui vain siitä, että en voinut jäädä rentoutumaan, koska minun oli mentävä päästämään toinen työntekijä pois vastaanotosta, koska hänen vuoronsa päättyi ja hänen piti päästä lähtemään. Otin salin seinustalta vain oman juomapulloni, en tehnyt mitään muuta."

Ja ikään kuin hän olisi lukenut Kirmon ajatuksia, Maarju jatkoi:

"En edes tunne Marjukka Mäkeä, olen tavannut hänet vain vastaanotossa hänen tullessaan salille."

Kirmo oli koko ajan tutkaillut Maarjun kasvoja ja silmiä havaitakseen, puhuiko tämä totta vai ei, ja tuli siihen tulokseen, että nainen puhui totta. Jotakin epäilyttävää hänen ilmeessään ja silmissään kuitenkin oli, jotakin mikä alkoi kaihertaa kokeneen poliisin mieltä. Mutta johtuiko se Marjukka Mäen tapauksesta vai oliko jotain muutakin? Olikohan kaunottarella puhtaat jauhot pussissa?

Tämä ajatus alkoi kiertää Kirmon pääkopassa, mutta sen pidemmälle hän ei päässyt. Muutamaan otteeseen hän aikoi kysyä Prismassa sattuneesta välikohtauksesta, mutta antoi sitten asian olla. He jatkoivat jutustelua rennommissa merkeissä vielä puolisen tuntia, kunnes Kirmo nousi ja sanoi:

"Kiitos tästä, palaan asiaan, jos antaa aihetta. Mukavaa päivänjatkoa."

Maarju poistui neukkarista. Melkoisen hyvä persus oli tälläkin salikävijällä, Kirmo mietti katsoessaan hänen keinahtelevaa kulkuaan. Äkkiä hänen päässään tuntui räjähtävän. Aivan kuin kiinalainen ilotulitus olisi ilmestynyt tyhjästä. Kirmo putosi istumaan. Hän sulki silmänsä ja puristi kätensä nyrkkiin. Mitä tämä merkitsi? Mitä hänen pienet tonttunsa aikoivat hänelle kertoa? Ensin mieleen ei noussut yhtään mitään. Pitkään hän istui kädet nyrkissä nojaten tuolin selkänojaan. Sitten välähti oivallus, ja Kirmo jupisi puoliääneen:

"Kun kerran epäilet jostakin Maarju Pedarua, niin otapa tuosta tuo kahvikuppi ja tutkitutapa se!"

Kirmo, tottuneena Virven mitä ihmeellisimpiin käskyihin ja niitä aina nöyrästi tottelevana nytkin noudatti tuota oudon tuntuista, omaa sisäistä käskyään. Hän otti kahvikupin, laittoi sen taskussaan olleeseen liinaan ja lähti kiikuttamaan sitä laboratorioon.

"Katsoisitko, löydätkö tuttuja jälkiä?"

"Okei, jos ei ole kovin kiire", teknikko vastasi, "nyt on paljon muuta tutkittavaa, joten voi kestää hetken. Otanko myös DNA-vertailun?"

"Olet aarre, ilman muuta tutki myös DNA, jos sellaisen saat irti", Kirmo kehaisi, ja riensi sitten takaisin Kyttä 2:een, jossa Heini Jutila häntä jo odotti.

Heini ojenteli sorjaa, hyvin treenattua vartaloaan ja soi Kirmolle lämpimän ja seksikkään hymyn, joka yllätti jopa niinkin kokeneen poliisimiehen kuin Kirmo oli.

He istuutuivat pöydän ääreen, Kirmo kaatoi Heinin kuppiin kahvia ja ojensi hänelle kampaviinerin, mihin Heini vastasi:

"Tulee tutuntuntuinen ja mukava fiilis, meilläkin tarjotaan aina kampaviinereitä kahvin kanssa, kun menen kouluun pitämään uskontotuntia. Opettajat ovat kovia juomaan kahvia ja syömään leivonnaisia. Ennen vanhaan oppilaat toivat opettajilleen omenoita, nykyisin heidän kannattaisi tuoda viinereitä, kun haluavat miellyttää opettajiaan."

Tiukasti asialinjalla pysytellen Kirmo aloitti haastattelun antamatta Heinin tuttavallisuudelle vastakaikua. Hän kertoi perustiedot ja pyysi tätä puolestaan kertomaan toimistaan jumppatunnin aikana. Heinin selostus sisälsi samankaltaisia yksityiskohtia kuin Maarjukin muutama tovi sitten, mutta nyt oli tunnelma aivan erilainen. Heini koetti kaiken aikaa saada itselleen Kirmon koko huomion, hän nojasi eteenpäin kohden pöytää ja tarjoili esiin avonaista kaula-aukkoaan. Hänen äänensä suorastaan kehräsi, aivan kuin hän olisi halunnut hyväillä Kirmoa sekä sanoillaan että katseellaan. Kirmoa alkoi jo askarruttaa, että mihin tämä oikein johtaakaan, kun yhtäkkiä Heini ponkaisi pystyyn. Hän siirtyi pöydän päässä olevalle avoimelle lattialle ja alkoi tehdä siinä erilaisia voimisteluliikkeitä, jotka korostivat hyvin tehokkaasti hänen naisellisia sulojaan selittäen Kirmolle:

"Minä en pysty istumaan pitkään, minun täytyy aina välillä päästä tekemään venyttelyliikkeitä, mutta älä anna tämän häiritä, voin kyllä vastata kaikkiin kysymyksiisi", ja samalla hän soi Kirmolle sellaisen hymyryöpyn, että siitä olisi tavallisessa tilanteessa riittänyt ainakin kuukaudeksi.

Kirmo ei voinut biologialle mitään. Hän ihasteli Heinin taidokkaita liikkeitä sekä hänen upeaa habitustaan, unohtamatta kuitenkaan sitä, että nyt oli tarkoitus selvittää murhaa. Kirmo rykäisi ja keskittyi jatkamaan kyselyjään. Heinin selvitys oli hyvin samankaltainen kuin Maarjunkin. Koska asiasta ei tullut sen selvempää, Kirmo ajatteli päättää haastattelun.

"Kiitos tästä. Onko sinulla jotakin kysyttävää?"

Välittömästi Kirmo huomasi, että olisi pitänyt olla täsmällisempi, sillä Heini alkoi kysellä Kirmolta henkilökohtaisia kysymyksiä tämän asumisesta, vaimosta ja vapaa-ajanvietosta samalla kehuen Kirmon uljaan uroksen olemusta. Kirmo ei halunnut olla epäkohtelias ja vastaili sekä todenmukaisesti että ympäripyöreästi Heinin kysymyksiin, mutta kun Heini nykyaikaisena naisena ehdotti Kirmolle ravintolaillallista, oli Kirmon lyötävä jarrut pohjaan.

"Valitettavasti se ei mitenkään käy, en voi kesken tutkintaa olla missään tekemisissä osallisten kanssa, en edes todistajien, joka sinä tällä hetkellä olet."

Heini vaikutti pettyneeltä. Hän tuli kättelemään Kirmoa hyvästiksi, mutta kompastui tai oli kompastuvinaan mattoon ja lensi suoraan Kirmon syliin koettaen samalla saada suudeltua Kirmoa ajatellen ilmeisesti, että kunnon suudelma olisi muuttanut Kirmon mielen.

Kirmo torjui Heinin suuteloyrityksen ja nosti hänet jaloilleen todeten tylysti, että olipa tuo matto hankala. Heini oli katkeran näköinen, mutta korjasi nopeasti ilmeensä sanoen jotakin hyvin omituisella kielellä.

Se kuulosti aivan kuin
tamen non hæreditate possidebunt te.
"Mitä ihmettä tuo nuori nainen oikein horisi?"
ajatteli Kirmo ja lähti ohjaamaan Heiniä ulos. On-
neksi juuri Kyttä 2:n ovella hän huomasi ohikulke-
van Hillevin, jolle Kirmo huikkasi:
"Olisitko ystävällinen ja viet Heinin ulko-
ovelle? Minulta jäi juuri eräs tärkeä juttu kesken."
Hillevi lähti saattamaan Heiniä, Kirmo pysähtyi
katsomaan heidän peräänsä.
"Mikä kummajainen tuo Heini oikein on olevi-
naan", hän pohti. "Täytyy selvittää vielä tarkemmin
hänen taustojaan. Kunhan Hillevi tulee takaisin hän
saa alkaa syventyä tuohon osaan tässä jutussa."
Samassa Kirmon kännykkä soi, ja hän sai tietää,
että Kirsikka oli sairastunut eikä voinut tulla tänään
KRP:hen. Kirmolla olisi nyt hyvää aikaa pähkäillä
tätä myrkytysjupakkaa perusteellisemmin ja vetää
yhteen langat, jotka tähän mennessä olivat käsillä.

17

"Mukavan lämmin, kostea, silti raikas ja virkistävä", rikoskomisario nuuhki ilmaa nojatessaan taaksepäin penkillä.

"On se vaan mielettömän hienoa, että löysin aikanani tämän salapaikan itselleni ja omille pohdinnoilleni", hän jatkoi, "en tiedä parempaa paikkaa rentoutua ja antaa aivojen jauhaa asiaa tai shaibaa, josko niissä nyt eroa sitten olikaan."

Kuten aina hänen ollessaan Lummehuoneessa eli omassa henkisessä pakopaikassaan aluksi hänen mielensä ilkamoi. Sitten hänen mielensä syövereistä kaivautui esiin edellisen juttunsa oikeudenkäynti, jonka aikana häntä kuunneltiin todistajana. Syytetty oli satavarmasti syyllinen, mutta niin – ne asianajajat, ne asianajajat – millaisia ketkuja Suomessa saikaan toimia asianajajina. Niin tuossakin tapauksessa, jossa Henna-Riikka Karttunen-Löppönen oli puolustanut kyseistä konnaa. Kirmo ei oikein tiennyt olisiko pitänyt itkeä vai nauraa, sillä niin farssimaista oli tämän naisen esiintyminen ollut.

Eipä ihme, että jo reilut sata vuotta sitten Jakob Wassermann kirjassaan "Avioeroja" oli tuonut esiin näkemyksensä asianajajista. Wassermann laittoi kirjansa päähenkilön, joka oli huippuasianajaja itsekin, kertomaan ammattitovereistaan, jotka olivat omalla tavallaan neroja mutta jotka olivat alentuneet todella häpeällisesti ammattinsa tietynlaiseksi peliksi. He käyttivät panoksinaan lakipykälien epäselvyyttä ja monimutkaisuutta; laatimalla monimutkaisia lauseita he koettivat voittaa aikaa, ja erilaisten epämääräisyyksien avulla he puolustivat petoksella saatua oikeutta paljon tehokkaammin ja innokkaammin kuin mihin vastapuoli kykeni koettaessaan ajaa mitä parasta ja oikeudenmukaisinta asiaa.

"No mutta tämä riittää käräjäsalista", tokaisi Kirmo itselleen. Hän yritti rentoutua nirvanaan edes siinä määrin että aivot alkaisivat soittaa omaa sinfoniaansa ja kenties toisivat päivänvaloon jotakin fiksua. Hänen vaipuessaan Hypnoksen huomaan tai ainakin lähes, päässä alkoikin jauhaa alitajunnan avustama karuselli, jossa pyörivät henkilöt ja näiden nimet suloisessa sekamelskassa. Siellä pörräsivät Tiina Mämmi, Marjukka Mäki, Heini Jutila, Maarju Pedaru, Kirsikka Komula – jopa Virve pilkahti hänen sielunsa sopukoissa. Henkilöiden kuvat tulivat ja menivät eikä niistä tuntunut syntyvän mitään, mistä voisi ottaa selkoa. Kirmon sisäisissä silmissä pilkahti myös CAF-sali sekä yhtäkkiä myös hänen vieressään kuntopyörää polkenut iso mies, jonka hän sitten oli tavannut hätyyttämässä Maarju Pedarua.

Pyörinä päässä jatkui jatkumistaan, mutta mitään järkevää ei sieltä noussut, ainoa selvä asia oli se, että hän en tiennyt vielä oikeastaan mitään, sillä myrkytysten motiivista ei ollut tietoakaan. Mikä se voisi olla? Uhreilla – Tiina Mämmillä ja Marjukka Mäellä – ei ollut mitään muuta yhteistä kuin CAF-sali, jossa he käyvät jumpissa. Mistä tässä oikein oli kysymys? Miksi ihmeessä joku halusi murhata Tiina Mämmin tai Marjukka Mäen?

102

Mitäpä jos he eivät olleetkaan oikeat kohteet vaan niin sanottuja satunnaisia vahinkoja? Vähän niin kuin jenkeillä Irakissa 2000-luvun alussa, jossa Saddamin jahtaamisen satunnaisvahinkoina kuoli lähes miljoona ihmistä.

"No, silloin ei vielä elettykään rauhanpresidentti Obaman aikaa", Kirmo mietti, mutta terästäytyi sitten ja tokaisi itselleen jopa hieman äkämystyneenä: "Nyt jäi köyhän käteen vain pieni luu. Olisiko sittenkin kyseessä väärä uhri tai väärät uhrit? Mutta kuka sitten oli oikea kohde? Miksi ihmeessä polkijakaveri ilmestyi mieleeni? Miten hän voisi liittyä näihin tapauksiin? Täytyykin koettaa saada selvää hänestä lisää."

Tämän pitemmälle eivät rikoskomisarion ajatukset ehtineet rientää, sillä hän kuuli vieressään kujertavan äänen:

"Täällähän meidän uljas rikoskomisariomme onkin, unelmoimassa elämänsä naisesta vai kuinka?"

Samassa Kirmon viereen, aivan liki, kiilasi kiinteä, pienehkö persaus. Mies tunsi naisen tuoksun, itse asiassa kiihottavan naisen tuoksun, ja hän meni aivan sanattomaksi. Hänen vieressään Heini – kyseessä todellakin oli Heini – jatkoi kujerteluaan ja alkoi udella, mitä ihmettä Kirmo teki täällä Kasvitieteellisen puutarhan Lummehuoneessa, näin aamupäivällä, saivatko rikolliset nyt vapaapäivän, kun tehokas komisario oli pitkällä lounaalla. Hän jatkoi lörpöttelyään ja jaskanpauhantaansa. Ja vaikka Kirmo koetti etääntyä kauemmaksi, Heini työntyi sinkeästi perässä pysytellen aivan Kirmon kupeessa.

Kirmolla kesti hetken selventää ajatuksiaan, mutta sitten hän ryhdistäytyi ja tiedusteli, mitä Heini mahtoi tehdä täällä tähän aikaan. Heini vastasi, että Lummehuone oli hänen lempipaikkansa, jossa hän kävi selvittämässä mieltään ja tuntojaan sekä purkamassa stressiään. Tämä oli tietysti hyvä selitys hänen siellä ololleen, mutta todellisuus oli jotain muuta, sillä Heini oli ollut juuri kävelemässä rautatieasemalta Hakaniemen torille ja ohittamassa Kasvitieteellisen puutarhan porttia, kun hän oli nähnyt intohimonsa kohteen astuvan sisään. Hän piti tätä Jumalan tai ainakin pienemmän haltijan lupauksena onnesta ja niinpä hän ryntäsi Kirmon jäljessä puutarhaan. Lipunmyyjältä hän sai kuulla, että juu, juu, tuo rikoskomisario on meidän vakiasiakkaitamme, hän käy täällä vähintään kerran viikossa, monesti tiuhemminkin.

Ja niin siinä sitten istuttiin vierekkäin, Heini haltioissaan ja Kirmo vähemmän innokkaana, mutta kuitenkin haluten kartoittaa yhden juttunsa todistajan sisäistä elämää, joten hän ei työntänyt Heiniä kauemmas eikä ollut hänelle epäkohtelias.

Heini jatkoi jutusteluaan. Kirmo kuunteli ja painoi asioita mieleensä tehden aina välillä tarkentavia kysymyksiä eri näkökulmilta. Jälleen toteutui se Kirmon lempiajatus, että annettaessa ihmisen puhua, niin lähes jokainen kertoi mielellään itsestään jopa suuriakin salaisuuksia. Suuri osa ihmisistä rakasti itsestään puhumista ja niin teki Heinikin.

Runsaan puolen tunnin kuluttua Kirmo nousi ja totesi, että nyt hänen täytyi lähteä kohti Tikkurilaa ja työmaata, halusiko Heini kyydin Tiksiin, voisi päästä samalla, mutta neitokainen totesi, että olen menossa tapaamaan esimiestäni tai pikemminkin esinaistani eli piispaa ja olen jo hieman myöhässä.

Samassa hän ampaisi penkiltä ja lähti kiirehtimään kohti poistumisporttia. Oven luona hän kuitenkin vielä kääntyi äkkiä, pysähtyi ja lähetti Kirmolle todella lämpimän näköisen lentosuukon, mikä sai Kirmon hätkähtämään; hän jopa punastui hivenen, sillä hänen täytyi tunnustaa että tuntuihan tuo mukavalta.

Heini livahti ulos Lummehuoneesta. Oven sulkeuduttua Kirmo kokosi mietteensä ja kertasi, mitä kaikkea hän oli nyt saanut tietää Heinistä.

Ainakin sen, että Heini toimi Tikkurilan seurakunnassa pappina;

että hän oli ollut erittäin uskonnollinen nuoresta lähtien, joskin tuo uskonnollisuus oli sen jälkeen rapautunut, ainakin perinteisen käsityksen mukainen uskonnollisuus;

että hän eleli sinkkuna, sillä edellinen miesystävä oli hylännyt hänet suorastaan törkeästi;

että hän kävi säännöllisesti mummonsa mökillä Keski-Suomessa ja

että hän oli erittäin voimakastunteinen ja rakasti intohimoisesti monia asioita.

Lisäksi ohimennen oli tullut esille se, että hänen oli välttämättä saatava haluamansa; tätä hän itse ei ollut sanonut suoraan, mutta se oli tullut selväksi. Hän oli alkanut kertoa tämän "sairauden" nimenkin, mutta oli sitten kuitenkin ikään kuin nielaissut nimen ja lopettanut siitä kertomisen.

Kirmo ei kokenut olevansa mikään erityinen naisten mielentuntija, mutta hän oli varma siitä, että Heini oli häneen pihkassa, ehkäpä rakastunutkin. Mutta kukapa sitä naisten mielet tietää. Kirmo naurahti muistaessaan erään asiaan liittyvän jutun, joka meni suurin piirtein näin:

Kalastaja Los Angelesin rannikolla pelasti yhden miehen hukkumasta. Mies kiitteli ja meni menojaan, mutta samalla kalastajalle ilmestyi Jumala, joka sanoi: olet tehnyt suurenmoisen teon, haluan palkita sinut. Kerro, mitä haluat, niin toteutan sen. Kalastaja mietti hetken ja sanoi: kaksi lastani asuu Havaijilla. Haluaisin käydä heidän luonaan, mutta pelkään lentämistä, voisitko tehdä moottoritien Los Angelesista Havaijille?

Jumala meni tuumivan näköiseksi ja vastasi: On kyllä melkoinen urakka, tästähän on matkaa yli 4000 kilometriä, etkö voisi tyytyä johonkin helpompaan?"

"Voisitko auttaa minua ymmärtämään naisten mieltä?" kalastaja vastasi.

Jumala meni vielä vakavammaksi, huokasi ja sanoi:

"Montako kaistaa siinä moottoritiessä pitikään olla?"

"Niinpä niin, kukapa pystyy naisen aivoituksia tajuamaan", virkahti Kirmo noustessaan ylös ja suunnatessaan kulkunsa ulos.

18

Poliisikomisarion kaarrellessa BMW:llään kohti Tikkurilaa leijui Heini kohti esimiehensä majaa, jossa hänellä oli sovittu tapaaminen, jonka aihe oli hänen kannaltaan hieman vakava, sillä piispa oli kutsunut hänet puheilleen muutamien seurakuntalaisten vaatimuksesta. Nämä räpättäjät, kuten Heini heitä nimitti, kiusasivat hänen mielestään häntä jatkuvasti tekemällä kaikenlaisia tekaistuja valituksia hänestä ja hänen elämästään. Heini oli vakuuttunut, että naapurissa asuva vanhapiika Kyllikki Kyllönen oli yksi pahimmista, joka aina kyttäsi Heinin elämää ja suorastaan vaani sitä, kenen kanssa Heini kulloinkin tuli kotiin ja ilmeisesti kuunteli seinän läpi Heinin kodissa tapahtuvaa elämää. Heini tiesi, että toteuttaessaan seksuaalisuuttaan hän oli aika kovaääninen, joten oli selvää, että myös naapurit, varsinkin Kyllikki, kuulivat hänen puuhailunsa, joita riitti milloin enemmän ja milloin vähemmän.

Hän kyllä selviäisi piispan puhuttelusta, siitä Heini oli varma, vetoamalla vain Jumalan hänelle suomaan suureen armolahjaan eli kehittyneeseen ominaisuuteen nauttia seksistä. Piispa tosin, hieman ikääntyneempänä rouvashenkilönä, vaikutti nauttivan enemmän pöydän antimista, erityisesti juomapuolesta.

Mutta nyt Heini oli niin euforisessa tilassa, että oli aivan samantekevää, mitä piispan kanssa tapahtuisi, sillä hän leijui vähintään Airbussin lentokorkeudella sen kiitäessä kohti Phuketia, mutta ilman turbulensseja; lento oli tasaista ja meno suoraan kohti aurinkoa, näin Heini unelmoi. Tämän unelmoinnin aiheuttaja oli Kirmo Vakava, jonka kupeessa Heini oli juuri tovin, tietysti aivan liian lyhyen tovin viettänyt, mutta se hetkinen oli Heinille osa unelmien täyttymystä. Heini kihelmöi muistellessaan kokemustaan.

"Miten voi mies olla niin miehinen mies, kuin Kirmo on? Miten voi uroosta lähteä niin suuri feromonien määrä, että pelkästään hengittämällä ilmaa hänen lähellään voin saada seksuaalisen täyttymyksen?" Heini ajatteli levitoidessaan kohti piispan majapaikkaa tai pikemminkin hänen työhuonettaan. Hänen mietteensä jatkoivat samaa rataa.

"Minun täytyy saada itselleni tuo uros, minun on pakko! Ja sitten, yhdessä me lennämme Karibian ihanille rannoille, loikoilemme vain me kaksi kuumalla hiekalla ja nautimme toisistamme jokaisella solulla ja aistilla. Silloin olen lopulta päässyt Paratiisiin. Mikään ei voi estää sitä. Ei saa!" Heini parahti ääneen. "Kirmo, sinä olet minun kohtaloni!"

Äkkiä suuri musta pilvi pimensi kaiken valon Heinin mielestä. Hänestä tuntui siltä, että maailmankaikkeuden kaikki pahat henget täyttivät taivaankannen ja karkottivat hänet juuri kuvittelemastaan Paratiisista. Kirmo tuntui katoavan kaukaisuuteen ja muuttuvan yhä pienemmäksi ja pienemmäksi.

Heinin ilme, äsken niin aurinkoinen ja hymyilevä, synkistyi, ja hänen kauniit kasvonsa muuttuivat kurttuisiksi kuin hapan ja kuiva sitruuna, sillä nyt hänen mieleensä piirtyi kuva viehkosta häntä vanhemmasta naisesta. Tuo pirulainen oli Virve, joka pystyi tuhoamaan Heinin ja Kirmon yhteisen, ikuisen onnen.

"Saatanan juoni minua vastaan, se Virve varmasti on! Mitä ihmettä Kirmo näkee hänessä, hän on jo vanha kääkkä minuun verrattuna eikä hänen bodinsakaan ole mitään minuun verrattuna, selluliittia siellä ja täällä, ja sellainen pömppövatsakin hänellä on, mikä lie sairaanhoitajan repsukka. Toista ovat minun saavutukseni, sentään akateeminen loppututkinto ja syventävät opinnot psykologiassa ja sukupuolentutkimuksessa."

Vaikka Heini kuinka yritti todistella itselleen omaa hyvyyttään, hän ei onnistut karkottamaan vihaa mielestään. Synkin mielin hän asteli kohti piispan virka-asuntoa. Kaikin voimin hän koetti saada itsensä pysymään kasassa. Äskeinen ihana kohtaaminen unelmamiehen kanssa oli muuttunut syväksi inhottavaksi juroksi, joka vaikutti vievän elämänhalun tykkänään. Hänestä tuntui, että olisi paras hypätä meren lahteen, niin pääsisi kaikesta sieluntuskasta. Mutta sitten pieni ääni sisimmästä alkoi toistaa aina uudestaan ja uudestaan:

"Sinä Heini olet voimaantunut vahva nainen, sinä itse voit poistaa kaikki esteet unelmiesi tieltä. Mikään ei voi estää sinua toteuttamasta sielusi haaveita, olkoot ne mitä tahansa, maailma on luonteeltaan vahvojen, jotka voivat tehdä mitä haluavat, heikot ne vain kitisevät kun vahvat toteuttavat kohtalonsa. Sinä voit saada Kirmon, mikään ei voi estää sinua, muista että olet voimakas ja voit tehdä mitä aivan tahansa."

Kenen ääni se oli, sitä Heini ei tiennyt, eikä hän myöskään huomannut, että tämä ääni vei hänen mielestään kaikki kristinuskon ja Jeesuksen opit mennessään ja käski hänen toimia aivan päinvastoin kuin Raamattu opetti.

Vähä vähältä alkoi Heinin olemus muuttua, hänen kasvonsa saivat takaisin valoisan ilmeen, hänen ryhtinsä suoristui ja käynti reipastui.

"Olen sitkeä ja voimakas, toteutan omat unelmani ja haaveeni, ei yksi Virve voi minua estää", hän toisteli itselleen.

Vihdoin hänen astuessaan piispan virka-asunnon ovesta sisään hän oli jo aivan kuin toinen nainen, hän suorastaan säteili ja hehkui onnea, aivan kuten pohjattomasti rakastunut nainen tai mies hehkuu. Hän toivotti iloisen huomenen piispan sihteerille ja astui luottavaisena piispan kammioon valmiina keskustelemaan häntä vastaan esitetyistä valituksista.

Tällä välin poliisikomisariomme kaarsi parhaillaan työpaikkansa paikoitusalueelle, sammutti autonsa sekä nojautui taaksepäin penkissä ja pohti pohtimasta päästyäänkin.

"Mikä ihmeen otus tuo Heini oikein on? Mitä kaikkea hän pitää sisällään? Onneksi on Hillevi. Hän saakin tutkailla hieman lisää Heinin taustoja, kunhan on ensin päässyt tarpeeksi pitkälle Maarju Pedarun kanssa."

19

Kirmo kipusi rappuset kohti veljensä kotia, jonka ovi jo avoinna häntä odottikin, sekä asteli sisään ja tervehti veljeään, joka seisoi eteisessä.

"Tulit siis harjoittamaan magiaa vai mitä? Haluat selventää ajatuksiasi mielessäsi kiertävistä dejavu-ihmisistä?"

Tuntien epäröinnin sielussaan Kirmo, joka oli aina pitänyt itseään järjellisenä olentona, vastasi:

"Jep, ajattelin nyt koettaa ehdottamaasi keinoa, kun en muuten saa selvää noista tyypeistä, enkä millään osaa yhdistää Maarjua enkä sitä kuntopyöräilevää karjua kehenkään aikaisemmin tapaamaani henkilöön. Koetetaan vain ehdottamaasi hypnoosia, jos sinä kerran olet varma, että se voisi auttaa."

"Okei, siis tuumasta toimeen, pikkuveli", totesi isoveli, ohjasi Kirmon työhuoneeseen ja sanoi:

"Nyt juot ensin tämän mömmön. Sitten rentoudut tuossa sohvassa puolisen tuntia ja annat taikajuoman tehdä tehtävänsä."

"Okei, isoveli", tokaisi Kirmo, "mutta ennen kuin hörpin tuon juoman, voisitko kertoa, mitä juuttaan sotkua se oikein on? Se näyttää aivan teeltä."

"Jaahas, pikku etsivä herran sisällä nostaa taas päätään, mutta kun kerran kysyit, niin tuo on aivan tavanomaista vihreää teetä, johon olen sekoittanut hieman uutettua suippomadonlakkia. Se kuuluu psilobysiinisieniin, ja sillä on hyvä vaikutus tietoisuuden tilaan, se syventää itsetutkiskelua ja vaivuttaa unenomaiseen tilaan. Aineella on samantapainen vaikutus kuin meskaliinilla, ja ajattele, sitä löytyy jopa aivan läheltä; tähän käyttämäni annoksen olen hakenut tuosta viereisestä puistosta. No niin, höräisepä nyt tuo tee ja loikoile hetkinen ja anna aineen vaikuttaa, minä menen juomaan pari kupillista kahvia."

Kirmo teki kuten isoveli on ehdottanut, joi teen, kävi pitkäkseen ja alkoi odottaa. Kului kymmeneen minuuttia, eikä hänestä alkuun tuntunut yhtään miltään, kunnes hitaasti uusi unenomainen vaihe otti vallan. Se tuntui hyvin mukavalta ja miellyttävä hyvän olon tunne valtasi koko kehon.

Juuri kun mies oli vaipumaisillaan horrokseen, hänet keskeytetiin, sillä isoveli astui hänen viereensä ja alkoi, ainakin Kirmon mielestä, häiritä vaatimalla häntä aukaisemaan silmänsä ja katsomaan kieppuvaan hyrrään, jonka pyörivä kuviointi vaikutti katoavan itseensä. Kirmolla oli kuitenkin niin hyvä fiilis, että hän toimi veljensä ohjeiden mukaisesti ja tuijotti tuota pyörivää otusta, joka muistutti monilonkeroista mustekalaa, ja kuunteli veljensä ääntä, joka tosin tuntui tulevan miljoonien valovuosien päästä. Ääni koko ajan toisti samaa litaniaa:

"Olet syvässä tietoisuuden tilassa – avaat sielusi salaiset silmät – olet syvässä tietoisuuden tilassa – avaat sielusi salaiset silmät –"

Aluksi lause vaikutti todella tylsältä ja pitkäveteiseltä. Hetkisen kuluttua se ei tuntunut enää miltään eikä Kirmo edes kuullut sitä, sillä hänen päässään alkoi kiertää eriskummallisia asioita – valoja, kuvia, tilanteita, paikkoja, ihmisiä – oli mahdotonta edes tunnistaa valtavalla nopeudella vilistäviä tuokiokuvia. Pikkuhiljaa pyörre alkoi rauhoittua, välähdykset alkoivat hitaasti kirkastua, henkilöiden kasvot tarkentuivat ja alkoivat vaikuttaa tutummilta. Näkyviin ilmentyi useita hänen pidättämiään roistoja sekä myös useita epäiltyjä, jotka olivat olleetkin syyttömiä, hän näki myös ystäviä kuten Veikko Viitalan sekä vähemmän ystäviä kuten Wilhelm Russin. Välähdykset vilistivät hänen silmiensä edessä, aivan kuin hän olisi katsellut omasta elämästään tehtyä elokuvaa.

Yhtäkkiä filmi pysähtyi. Kirmon eteen ilmaantui nainen menneisyydestä – Pirita, murhaaja, joka oli onnistunut livahtamaan hänen kynsistään ja pakenemaan Brasiliaan. Samaan aikaan kuvissa välähti myös Maarju, salaperäinen kaunotar kuntosalilta. Mutta miksi nämä naiset olivat hänen päässään kahdessa eri hahmossa? Ennen kuin Kirmo ehti tajuta, naisten kuvat liukuivat päällekkäin – ne olivat saman naisen kasvot! Kaikki pysyvät olennaiset elementit kasvoissa olivat aivan identtiset.

Samassa Kirmolle valkeni. Maarju oli Pirita kasvoleikkauksen jälkeen!

Mutta oliko se todellisuutta? Vai oliko se vain harhaa? Sitä ei rikoskomisario Kirmo osannut sanoa, sillä yhtä nopeasti kuin näky oli ilmaantunutkin haipuivat molempien naisten kuvat kaukaisuuteen, ja hänen eteensä ilmestyi Virven suloiset kasvot. Vaikutti siltä, että Virve oli ilmeisen hätääntynyt jostain, aivan kuin joku tai jokin olisi ahdistanut häntä, Virve huusi Kirmoa apuun, mutta Kirmo tunsi ole-

113

vansa sidottu kiinni eikä pystynyt edes kättään ojentamaan Virveä auttaakseen. Kirmo alkoi huutaa apua henkensä hädässä. Häntä ahdisti suunnattomasti, kun hän ei voinut auttaa rakastaan, aivan kuin hänen sydämensä olisi halkeamaisillaan sen vuoksi. Samassa Kirmo tunsi kylmän veden pärskähtävän kasvoilleen. Hän luuli ensin uppoavansa veteen, mutta samassa hänet nostettiin vedestä pois. Räpyteltyään aikansa silmiään pöllämystyneenä hän havaitsi istuvansa veljensä Mirkon työhuoneessa sohvalla. Kirmo haukkoi henkeään saamatta sanaa suustaan. Jostain kuului Mirkon puhetta:

"Nyt on matka tehty. Mitä ihmettä sinä oikein näit? Huusit apua kuin hullu, siksi jouduin herättämään sinut hieman kovakouraisesti. Täytyy muuten kuivata nuo vedet lattialta ennen kuin Miia tulee, muuten tulee minulle tupenrapinat."

Kirmo katsoi veljeään hölmistyneenä. Pikkuhiljaa hän alkoi muistaa, kuka oli, missä oli ja miksi hän oli siellä.

"Olipa se matka", hän päivitteli hiljaa, "mutta kyllä se kannatti. Nyt olen melko varma, kuka tuo salaperäinen nainen oikeasti on. On sinulla isoveli melkoiset myrkyt, joilla sekoittaa ihmisten päät."

"En oikeastaan kovinkaan usein sekoita kenenkään päätä. Itse olen muutaman kerran käyttänyt samaa ainetta ja kerran oli Miia koekaniinina. Tuo suippomadonlakki on itse asiassa huumausaineiden listalla tässä rakkaassa kieltojen täyttämässä kotimaassamme, toivottavasti rikoskomisario ei pidätä nyt veljeään huumausainerikoksesta", Mirko hieman vaisusti vastasi, ja jatkoi vielä: "Minua oikeas-

taan kiinnostaa vain tiedemiehenä nuo psilobysiini-
sienet ja niiden vaikutus, mutta kuten huomasit, tie-
toisuuden laajentamisesta oli apua sinullekin."

"Totta haastat veliseni, mutta voinko luottaa ali-
tajunnan antamaan viestiin vai oliko se vain kuvitel-
maa? En ainakaan lähde pidättämään ketään pelkäs-
tään unikuvan perusteella."

Vakavan näköisenä Mirko vastasi:

"Olen varma, että sisäinen minäsi – siis alitajun-
tasi – teki oikean ratkaisun, sinun kannattaa kyllä
luottaa siihen. Jos alitajuntasi sanoi, että tuo salape-
räinen nainen on jonkin aikaisemman keissisi lady,
niin vuorenvarmasi hän on sitä, olet tunnistanut hä-
net sisäisillä silmilläsi, jotka ovat paljon tarkemmat
kuin silmäsi ovat. Voit luottaa tunnistukseen, se ei
ole pelkkä tunne vaan se koko universumisen yhtei-
sen alitajuisen voiman tuottama tulos."

Velipojan jutut menevät vähän harhateille, niin
esoteerisilta ne Kirmosta tuntuivat. Mutta voihan
asia tietysti olla niinkin, että järjellä me emme voi
kaikkea ymmärtää, ja niinpä Kirmo päätti pitää mie-
lensä avoimena ja tutkia erityisesti sitä mahdolli-
suutta, että Maarju olikin Pirita. Sitä hän vain ihmet-
teli, että jos Maarju oli Pirita, niin miksei hän sitten
saanut mitään vihiä siitä kirotusta Johanneksesta.

Pohdiskelujensa päätteeksi Kirmo pyysi veljel-
tään kuivan paidan lainaksi ja sanoi ennen lähtöään:

"Kiitos paljon, jos mieleni tuote osoittautuu oi-
keaksi, niin saatan käyttää sinua apuna muissakin
keisseissä, mutta nyt minun täytyy suoria tieheni ja
työpaikalleni. Toivottavasti Miia ei anna sinulle tuk-
kapöllyä tästä siivosta, tosin vettähän se vain on."

"Älä huoli, tuleehan samalla lattia pestyä ja sohva on pian jo kuiva. Jos tarvitset asiantuntevaa apua toistekin niin tervetuloa!", sanaili Mirko saatellessaan veljensä ulko-ovelle.

20

Kirmo asteli mietteissään työpaikan ovesta sisään ja kiipesi työhuoneeseensa. Siellä häntä odotti mielenkiintoinen tieto, jonka labran teknikot olivat toimittaneet hänen sähköpostiinsa, aivan kuten olivat luvanneetkin.

Pieni hidaste teknikoiden toimittamien tietojen sisäistämiselle tai edes niihin vilkaisemiselle syntyi siitä, että välittömästi Kirmon päästyä sisään työpaikkansa ovesta hänen eteensä pölähti pieni punatukkainen ja hieman hössähtäneeltä vaikuttava ilmestys. Nainen oli aivan kuin Tenavien Piparminttu Pipsa, mutta kuitenkin jo aikuinen, arviolta hieman yli 40-vuotias. Hän oli Kirmon edellisellä viikolla kaipaama Kirsikka Komula, jota Kirmo olisi jo silloin halunnut haastatella myrkytysjuttujen tiimoilta. Kirmon ehtimättä kissaa sanoa, alkoi Kirsikka puhua pajattaa – hän oli ilmeisesti sellainen nainen, joka hermostuksissaan suolsi sanoja taukoamatta, ja niinpä Kirmon korvat saivat ryöpyn.

"Anteeksi herra komisario, etten silloin viimeksi voinut tulla, minulla oli aivan hirveä päänsärky, minulla on migreeniä aina silloin tällöin, en edes päässyt sängystä ylös lainkaan, olin aivan kuin kuollut lahna tai tyhjiin puristettu vappupallo, mutta nyt olen taas täydessä terässä ja voin vastata kysymyksiinne aivan niin paljon kuin herra komisario haluaa. Onko nyt sovelias hetki? En osannut varata mitään aikaa, mutta olin kävelylenkillä ja menin ohitse tämän talon, miksi tätä oikein kutsutaan, asun nimittäin tuossa Dickursby Skolanin vieressä ja lenkkeilen tästä ohi melkein päivittäin. Jos nyt ei sovi, niin voiko herra komisario sanoa, koska voin tulla?"

Väliin Kirmo kiirehti murahtamaan:

"Nyt sopii vallan mainiosti, kiitos kun tulit."

Samalla hän tarttui Kirsikkaa käsipuolesta ja ohjasi hänet määrätietoisesti kohti toiseen kerrokseen menevää portaikkoa.

"Voimme mennä työhuoneeseeni, se on tuolla toisessa kerroksessa, haetaan vaikka kupposet kahvia kahviosta ja sitten rupattelemme, minulla on muutama tärkeä kysymys sinulle ja toivon, että voit valaista minua tietyissä asioissa."

Niinpä he pian istuivat mukavasti Kirmon työhuoneessa kahvikupposet kädessään, Kirmo pöytänsä takana ja Kirsikka häntä vastapäätä tuolissa. Ääniefekteihin syntyi outo tauko, kun Kirsikka vaikeni. Hän vaikutti pelästyneeltä ja varovaiselta ja odottavaiselta sen suhteen, että mitähän seuraavaksi. Kirmo ei pitänyt mitään kiirettä, sillä hän tiesi kokemuksesta, että kuulusteltavia, mutta myös haastateltavia henkilöitä, oli hyvä joskus odotuttaa, se teki heistä yleensä – pesunkestäviä konnia lukuun ottamatta – yhteistyöhaluisempia, sillä suurin osa ihmisistä haluisi olla hyvissä väleissä poliisin kanssa.

"Nyt tämä äänetön oleilu saa riittää", tuumi Kirmo mielessään, kohensi ryhtiään tuolissa ja rykäisi. Hän alkoi kysellä Kirsikalta yksityiskohtia päivästä, jolloin Tiina Mämmi surmattiin. Mitään uutta ei kuitenkaan paljastunut, ja Kirmo siirtyi tenttaamaan Kirsikkaa siitä, oliko tämä havainnut mitään erityistä niiden jumppatuntien aikana, jolloin myrkytykset olivat tapahtuneet. Entä poikkesiko tunti, jolloin Marjukka Mäen myrkytys oletettavasti tapahtui, muista tunneista?

Kirsikka aprikoi ja oli selvästi varovainen puhuessaan; hän tuntui miettivän jokaisen sanansa tarkkaan. Tämä oli aivan eri nainen kuin sisääntuloaulassa muutama hetki sitten Kirmoa odottanut, puheripulin vallassa ollut lady. Kirmo antoi naisen kuitenkin harkita rauhassa eikä kiirehtinyt.

Kirsikka vakuutti, ettei ollut nähnyt mitään erikoista, mutta piti hieman liian pitkän tauon ennen vastaamista. Tähän Kirmo tarttui.

"Siis näitkö jotakin, joka askarrutti sinua vai pelkäätkö kertoa jotakin sen vuoksi, että luulet sen langettavan varjon jonkun päälle? Kerro kaikki vaan ja anna minun huolehtia asian tärkeyden arvioinnista."

Epäröinti kuulsi Kirsikan äänessä, kun hän vastasi:

"Jos nyt oikein muistan niin mielestäni sekä Maarju että Heini, jotka siis olivat molemmilla kyseisillä tunneilla, liikkuivat rentoutumisen alussa salissa ja kopeloivat jotakin siellä. Lisäksi Maarju käveli eteen korokkeen luo ja kuiskasi minulle, että musiikki oli hänen mielestään liian kovalla. Mutta eihän tämä tietysti vielä mitään merkitse."

"Kiitos, että olit rehellinen, mutta liikuitko itse tuon rentoutumistuokion aikana salin eri puolilla vai olitko nirvanassa kuten oli kaikkien tarkoitus olla?"

Kirsikka rypisti otsaansa ja vastasi tuumivan näköisenä, kuin yrittäen itsekin muistella:

"En ole varma, en muista. Joskus kyllä saatan kiertääkin salissa ja katsoa, miten jumppaajat pärjäävät, mutta sehän on aivan tavallista jumpanvetäjän toimintaa."

"Voivoi", Kirmo huokaisi tuskastuneena miettiessään mielessään, että tässä jutussa ei ollut mitään tavallista. Ja eikö kukaan voisi muistaa mitään uutta? Hän alkoi vaihteeksi tiedustella mitä kaikkea Kirsikka mahdollisesti tiesi työkavereistaan, siis Maarjusta ja Heinistä. Kyllähän sieltä tietoa tulikin.

"Olen tuntenut Heinin kauan ja pidän häntä aivan ihanana ihmisenä, hän on tosi sporttinen ja halukas treenaamaan erittäin kovaa – kuten hänen olomuotonsakin näin sivumennen sanoen osoittaa. Juttelemme aina välillä ja olemme joskus viettäneet tyttöjen iltaa yhdessä. Tiedät kaiketi, että hän on ammatiltaan pappi ja meillä vain sivutöissä. En oikein tiedä, voinko sanoa kaikkea, mitä hän on kertonut, sillä ne olivat luottamuksellisia keskusteluita."

"Nyt on kyseessä murhatutkimus, ei ole mitään rippi- eikä muitakaan salaisuuksia, ei edes papille kerrottu eikä tietenkään papin kertomakaan. Joten kerro", Kirmo sanoi tiukasti ja nousi seisomaan.

Hieman arkaillen Kirsikka aloitti:

"Väitetään hänen lähentelevän miehiä ohjatessaan personal trainer -asiakkaitaan, hän kuulemma hiplaa miehiä luvattomasti ja onpa puristanut munistakin jotakuta. Nämä ovat etupäässä ilmeisesti vain huhuja, sillä vain yksi mies oli ilmoittanut Heinin lähentelystä. Mutta tietysti tilanne on se, että noin hyvännäköisen naisen lähentelyistä ollaan vain ylpeitä ei niistä lähetä valittamaan salille."

Hölmistyneenä Kirmo katsoi Kirsikkaan ja ajatteli, että onpa intersektionaalisen feminismin maailma sitten epätasa-arvoinen. Jos nainen puristaa miehen sukukalleuksia, siitä ei valiteta, mutta jos mies katsoo naisen persikkaa tämän etääntyessä, niin siitä tehdään heti seksuaalisen häirinnän keissi. Näitä aatoksiaan hän ei kuitenkaan paljastanut Kirsikalle vaan pysyäkseen asiassa tiedusteli, mitä tämä osaisi kertoa Maarju Pedarusta.

Kerran alkuun päästyään Kirsikka antoi palaa:

"Maarju on virolainen, niin kuin varmaan jo tiedätkin. Hän on asunut Suomessa aiemminkin, hänhän puhuu hienoa suomea, vain pieni laulava nuotti on vielä puheessa. Jostain syystä hän muutti Suomesta pois, ja jos oikein muistan, hän meni jonnekin kauas joko Pohjois- tai Etelä-Amerikkaan ja asui siellä muutaman vuoden ja on nyt tullut takaisin. Kysyin häneltä kerran, miksi hän palasi Suomeen ja hän vastasi, että hän pitää suomalaisista ja täällä elämisestä sekä sitten jotain, jota en aivan sisäistänyt, että hänellä oli täällä velkaa, joka täytyi maksaa pois. Hän on yleensä hyvin vaitonainen menneisyydestään, mutta tämän vähän hän on minulle kertonut. Eräs tapaus on jäänyt mieleeni. Muistan, kuinka kerran Maarju tuli töihin vapisevana ja sekaisen oloisena ja jotenkin räjähtäneenä – anteeksi kun sanon näin, mutta hän on yleensä niin huoliteltu ja siksi ihmettelin. Vaikutti aivan siltä kuin hän olisi pelästynyt jotakin. Mitä hän oikein pelästyi tai pelkäsi, sitä hän ei suostunut kertomaan, mutta ymmärsin, että se liittyi johonkin mieheen, sillä hän huokasi, että en siis päässytkään eroon siitä lurjuksesta vaikka kuinka yritin. Tämän sanottuaan hän hiljeni ja meni kuoreensa kuin simpukka. Jälkeenpäin hän ei ole suostunut puhumaan asiasta mitään vaan väittää, että olen ymmärtänyt asian väärin.

Maarju asuu ihan lähellä salia, ja hän käy siellä usein työtehtäviensä lisäksi. Kävin kerran hänen kotonaan ja huomasin seinällä erikoisen kuvan, se oli kuva maalauksesta ja siinä miehet vaikuttivat joko tanssivan tai taistelevan. Kysyttyäni mitä tuo kuva esitti, hän vastasi nopeasti ja ohimennen sen kuvaavan capoeira tanssijoita, eikä puhunut siitä sen enempää."

Enempää sanottavaa Kirsikka ei löytänyt ja hän lysähti kasaan, aivan kuin takkinsa tyhjentäneenä. Kirmo ajatteli, että eiköhän tässä ole kylliksi tällä kertaa. Hän saattoi Kirsikan alakertaan ulko-ovelle, kiitti häntä ja sanoi tapaamisiin, minkä jälkeen hän kiirehti työhuoneeseensa. Niin kiinnostava kuin tapaaminen Kirsikan kanssa oli ollutkin, häntä poltteli sähköpostissa odottava viesti rikosteknisen laboratorion tutkijalta.

Kirmo oli lentää perseelleen. Uudelleen ja uudelleen hän tavasi sähköpostin liitteenä olevia tutkimustuloksia edeltävällä viikolla labraan toimittamastaan näytteestä. Noituen kuin turkkilainen painija tai kotkalainen satamajätkä, hän luki viestiä.

Sormenjäljet eivät sovi mihinkään arkistossa oleviin jälkiin, pieniä osumia on useampiin, mutta osumat ovat liian hentoja, joten vastaus on: sormenjäljet ei ole kenenkään tiedossa olevan henkilön.

Sitten teksti jatkui:

Kahvikupista saimme kohtuullisen hyvän DNA-jäljen, ja 80 %:n todennäköisyydellä näyte oli Pirita Kaljulaid-nimisen henkilön DNA:ta.

Kirmon olisi voinut kaataa höyhenellä, sillä niin äimistynyt hän oli tästä tiedosta. Isoveli Mirkon hypnoosi oli ollut oikeassa. Maarju oli kuin olikin Pirita Kaljulaid! Tähän päivään asti hän oli ollut varma, että sekä Pirita että Johannes olivat hänen kynsiensä ulottumattomissa, missä lienivätkään Brasiliassa. Sieltä heitä oli kasvokirurgien ehostusten jälkeen mahdoton löytää 220 miljoonaa ihmisen joukosta.

"Routa on ajanut porsaan kotiin", Kirmo parkaisi. "Tänä vuonna minulle tulee joulu aikaisin – aion teurastaa tuon porsaan. Nyt vain pidättämään Maarju Pedaru alias Pirita Kaljulaid ja äkkiä sittenkin!"

Kirmo oli jo ryntäämässä hakemaan tukivoimia pidättääkseen Maarjun heti kättelyssä, kunnes pysähtyi äkisti, sillä aivoissa alkoi takoa ajatus:

"Ei Maarju mihinkään karkaa, koska hän jostain käsittämättömästä syystä on itse halunnut palata. Jos hän ei olekaan yksin vaan Johannes on tullut mukana tai ainakin perässä? Miten varmistan parhaiten, että saan tuon emäroiston eli Johanneksen napattua? Maarju on selvästi käynyt kasvokirurgilla enkä tuntenut häntä, ja entäpä kun Johannes on tehnyt saman. Miten voi tunnistaa hänet? En voi sentään kaikkia miehiä vaatia antamaan meille DNA-näytettä. Siispä Kirmo nyt järki ja maltti käteen, mieti tarkkaan miten etenet. Pidänpä tiedon Maarjustakin toistaiseksi vielä vain itselläni. Minun on nyt rakennettava kunnon trappola, kuten karabinieeriystäväni Andrea sanoisi."

123

21

"Onko vaara, että tästä tulee minun henkilökohtainen vendettani?" pohti Kirmo käpötellessään kohti kotia työpäivän jälkeen. "Pitäisikö minun sittenkin ottaa muut mukaan ja pistää vaikka Karhukopla jahtaamaan Maarjua ja puristamaan häneltä neljännen asteen kuulustelussa tieto Johanneksesta? Johannes oli niin retkussa häneen, että on varmasti lähistöllä, tai jos ei vielä ole, niin pian ilmestyy."

Pohdinta tuntui painavan Kirmoa ja hän vatkasi asiaa koko sen parinkymmenen minuutin ajan, jonka kävelymatka työmaalta kotiin kesti. Ulko-ovella hän pysähtyi ja tokaisi tomerasti:

"Nyt lopetat Kirmo asian vatuloimisen, et ole mikään facebookissa sieluasi avaava keski-ikäinen nainen vaan raavas mies, joten käyttäydy sen mukaisesti!" Ja kuin merestä nouseva jääkarhu hän ravisteli itseään ja asteli ripeästi rappuset ylös kotiovelle. Päästyään sisään hän totesi iloisena Virvelle:

"Heippa rakkaani, mitä teemme tänä iltana, onko hyviä ajatuksia?" Saatuaan kengät potkaistua jaloistaan Kirmo pläjäytti Virveä leikkisästi pepulle ja tokaisi: "Upea persikka!"

"Tervetuloa kotiin nuppuseni", Virve naurahti. "Mitä jos tämä iltana tsiikaisimme erään suosikkiohjaajasi Clint Eastwoodin Million dollar babyn?"

"Eikös se ole nyrkkeilyelokuva, jossa nainen alkaa nyrkkeillä? Enpä tuota tiedä."

"Siinä on itse asiassa paljon muuta kuin nyrkkeilyä", Virve kiirehti selittämään. "Työparini sairaalasta mainosti sitä ja totesi, että oli todellinen yllätys, miten Eastwood oli asian toteuttanut. Hän piti elokuvaa yhtenä parhaista 2000-luvulla tehdyistä elluista."

"Okei. En voi vastustaa yhtä aikaa sinua ja elokuvafriikkiystävääsi, joten siis kohta Million Dollar Babyn kimppuun."

Niinpä syötyään kevyen päivällisillallisen he sijoittivat itsensä sohvaan vierekkäin kuin konsanaan nuori pari, Virve kiehnäsi Kirmon kainalossa, ja he pyöräyttivät elokuvan käyntiin. Alkuosan aikana Kirmo haukotteli salaa tympääntyneenä, sillä elokuva vaikutti melko tavanomaiselta nyrkkeilyelokuvalta, mutta puolen välin jälkeen siinä tapahtuikin melkoinen muutos sekä sisällössä että intensiteetissä, ja kun elokuva loppui, oli Kirmollakin tippa linssissä, sillä niin dramaattisesti Eastwood oli elokuvan lopettanut. Loppuhuipennus jäi kaihertamaan Kirmon sielua, sillä hän oli itse jo pitkän aikaa pohtinut eutanasian oikeutusta pääsemättä kuitenkaan selkeään ratkaisuun.

Yhdessä vietetty aika sekä elokuva olivat vieneet Kirmon mietteet, ainakin pääosin, pois nykyisistä keskeneräisistä työasioista, mutta elokuvan päätyttyä ne jysähtivät sitten sitäkin voimakkaammin tajuntaan, ja ajatukset alkoivat pommittaa joka suunnassa. Aivan kuin Amazonin vedet kysymykset alkoivat pyöriä päässä.

Virvekin huomasi tämän ja totesi:

"Missä päin universumia olet kultaseni? Olet jossain kaukana, hei Kirmo, maa kutsuu, voinko jotenkin avittaa sinua?"

"Minulla on nyt melkoinen päänvaiva, enkä ole lainkaan varma siitä, mitä minun pitäisi tehdä." Kirmo mumisi jotain epäselvää ensin, mutta sitten teki sen, mitä hän oli tehnyt vain harvoin; hän kertoi Virvelle päätään vaivaavista ongelmista.

"Nyt pulmani on se, miten saan Johanneksen kiikkiin, sillä jos tai kun Maarju on Pirita, niin sitten Johanneskin varmasti luuraa jossakin."

Oltuaan pitkään vaiti Virve sanoi vakavana:

"Olit aikanaan vakuuttunut, että Johannes palvoi ja jumaloi Piritaa, siis Maarjua. Jos Pirita on palannut, niin yksinkertainen tapa on selvittää, kenen kanssa hän nyt elää. Onko Johannes, millä nimellä sitten esiintyykin, hänen yhteiselonsa sankari? Jos Johannes ei ole Maarjun kanssa, niin voisiko tilanne olla se, että Maarju palasikin yksinään Suomeen? Tuleeko siinä tapauksessa Johannes perässä – tai onko jo tullut – ja yrittää saada hänet kynsiinsä? Se, että Maarju on työssä kuntosalilla sekä vastaanotossa että jumpparina voisi osoittaa, että hänen finanssinsa eivät ole kovin kummoiset. Aikoinaan lenkkisukkamurhien yhteydessä selvisi, että Johanneksella oli miljoonien omaisuus, jonka hän vei mukanaan mennessään maailmalle. Jos Johannes ja Maarju eläisivät yhdessä noilla rahoillaan, nainen tuskin olisi työssä CAF-salilla kuten nyt on. Siispä Johannes ei ole kuvioissa, ei ainakaan näkyvästi."

"Olet kaunis ja lisäksi viisas", Kirmo huokaisi. "Ilmeisesti sairaanhoitajan koulutus opettaa myös analyyttistä ajattelutaitoa. Järkeilysi tukee myös sitä

126

käsitystä, jonka sain salihenkilökunnalta, eli heidän käsityksensä mukaan Maarju elää yksinään. Mutta odotapas, mitä minä näinkään tässä muutama viikko sitten. Olin juuri menossa hakemaan karamelliväriä pyynnöstäsi, kun Prisman aulassa näin jonkun ison roikaleen häiritsevän Maarjua, ja kun menin puuttumaan tilanteeseen mies luikahti nopeasti lipettiin. Tuo korsto ei kyllä yhtään näyttänyt Johannekselta. Tosin hänhän lähetti silloin aikoinaan viestin, että ei häntä pysty tunnistamaan, sillä hän käy kasvokirurgin pakeilla, ja kun katsoo Maarjua nyt, niin onhan hänenkin ulkonäkönsä muuttunut todella selvästi. Lisäksi on ikävää, että nykyisin pystyvät roistomaiset kauneuskirurgit vaihtamaan sormenjäljetkin, joten niistäkään ei ole apua. He, siis kirurgit, ovat keksineet ovelan menetelmän, jossa sormenjäljistä hävitetään niiden ainutkertaisuus, ei polttamalla eikä tuhoamalla vaan lisäämällä keinotekoisten ihosolujen määrää sormenpäissä, jolloin ihosolut sekoittuvat ja sormenjälki muuttuu. Tämä menetelmä on tehnyt tarpeettomaksi sormenjälkien ottamisen suurilta roistoilta, sillä he voivat aina halutessaan vaihtaa sormenjälkensä."

"Ohhoh", Virve huokasi.

"Onneksi sentään DNA-näyte on vielä käyttökelpoinen, toki määrärahojen rajallisuuden vuoksi senkin käytöllä on rajansa. Luultavasti vielä sekin päivä koittaa kun joku neropatti keksii keinon, jolla DNA:ta voi muuttaa tai ainakin sekoittaa. Mutta tämä tästä poliisiteknologiasta. Miten saan Johanneksen kiikkiin, jos nyt oletetaan, että hän on jo täällä?"

Tähän ei Virvekään osannut sanoa mitään, ja Kirmo vaipui ankariin mietteisiin. Avoimia kysymyksiä oli liikaa.

"Mitäpä jos pariskunta lenkkisukkamurhien takana, siis Johannes ja Maarju, ovatkin nyt yhdessä tekemässä näitä kuntosalimurhia? Ja sen vuoksi Maarju on työssä CAF-salilla – siinäpä oiva tilaisuus kuntoilijoita verisesti vihaavalle pariskunnalle! Onko minun siis otettava Maarju talteen voidakseni turvata jumpassa kävijöiden henget? Siitäkin huolimatta, vaikka samalla kadottaisin mahdollisuuden Johanneksen nappaamiseen? Vai luotanko siihen, että Maarjun työskentely salilla on vain elannon hankkimista, ja keskityn ottamaan kiinni sekä Maarjun että Johanneksen? Mutta voinko olla varma siitä, että murhaaja ei sitä ennen iske uudelleen?"

Kirmon mietteet synkkenivät entisestään. Hän syytti itseään siitä, että oli mahdollisesti saattanut niin monet ihmiset vaaraan.

"Olisiko minun pitänyt vaatia kuntosalia sulkemaan ovensa heti kun Tiina Mämmin kuolinsyy oli selvinnyt? Onko minun syyni, että Marjukka Mäki joutui myrkytetyksi? Pitäisikö varmuuden vuoksi sali laittaa kokonaan toimintakieltoon toistaiseksi?"

Koko seuraavan yön pyöritteli rikoskomisario erilaisia uhkakuvia päässään, niinpä jäi unen huoma ja suoma lepo todella vajaaksi.

128

22

Aamusella muutama päivä myöhemmin unenpöppe-
röinen rikoskomisario kömpi jaloilleen ja köpötteli
kylpyhuoneeseen viruttamaan kasvojaan. Tapansa
mukaan hän samalla mietti syntyjä syviä, tällä kertaa
sitä, miten usein suurroistot pääsevät vapaiksi ja pie-
net konnat joutuvat telkien taakse, aivan kuten hän
muisti tanskalaisen naiskirjailijan Jenny Blicher-
Clausenin kirjoittaneen, että suurvarkaat osaavat
hurmata ja lumota ihmisten silmät, valehdella ja lui-
kerrella, ja näin pelastautua kiipelistä, kun taas pik-
kuroistot eivät pääse pakoon vaan heidän jahtaami-
sekseen toimeenpannaan suurjahteja. Jatkoksi Kir-
mon mieleen putkahti Freud Marx Engels Jung -bän-
din biisi "Kolme oikein ja lisänumero", jossa Tur-
miolan Tommin käy kalpaten, koska tämä ei osannut
oikeinkirjoitusta. Tommi meni pankkia ryöstämään,
löi lapun tiskiin, jossa luki "tää on rystö", pankki-
neiti alkoi nauraa ja Tommi totesi, että "kyllä armo-
tonta on toi älymystö".

"Joopa joo, vaikka olisikin lottovoitto olla suo-
malainen, niin jotkut saavat vain kolme oikein ja li-
sänumeron."

"Ikävä kyllä", Kirmo jatkoi pohdintojaan, "mi-
nun ammattini on ottaa kiinni nuo, vaikka valitetta-
van usein vain pienet konnat ovat saaliina ja poliisi-
voimien ponnistusten ja tuomioistuinten ähräysten
palkintona. Onneksi sentään joskus saadaan kiikkiin

muitakin kuin pikkuvarkaita, kuten kävi Moraalivartijoiden tapauksessa, vaikka siinäkin pääsivät todelliset suurkonnat karkuun ja nauttinevat tälläkin hetkellä samppanjaansa ja kaviaariansa kaikessa rauhassa omissa luksuslukaaleissaan.

Jo hieman piristyneenä Kirmo siirtyi keittiön puolelle, keitti pari kupposta kahvia ja mietti hajamielisenä, että mitähän tässä nyt söisikään. Takautuma lapsuudesta palautui ajatuksiin, ja hän päätti kokeilla samaa einettä, mitä oma äiti oli tarjonnut hänen ollessaan pieni. Resepti oli yksinkertainen, kuten oli tietysti sen mukainen ateriakin, sen nimestä puhumattakaan, joka oli aivan supisuomalainen. Kyseessä oli nimittäin "pöppörö". Se syntyi siten, että otettiin iso lasi tai muki, sinne ahdettiin desin verran pikakaurahiutaleita, Nalle-merkkiset olivat erinomaisia, lisäksi mitä siemeniä sattui olemaan – auringonkukan, seesamin tai pellavan – ja päälle joko sokeria tai terveempänä vaihtoehtona esimerkiksi mustikoita sekä nesteeksi pari desiä maitoa tai soijajuomaa. Sitten sörsselin annettiin hetken turvota ja voilà, tulos oli erinomainen, erittäin vatsaystävällinen aamu- tai ilta- tai välipala, joka tälläkin kertaa maistui suurenmoiselta – muistuipa siinä lapsuuskin mieleen pöppöröä popsiessa.

Kietaistuaan vielä kahvit helttaansa Kirmo lähti jalkapatikalla kohti KRP:n toimitaloa. Verkkaisella matkallaan hän asteli nautiskellen kauniista kesäaamusta ja miettien sitä, kuinka paljon mukavampi oli sellainen aamu, jolloin Virve oli hänen vieressään eikä maailmalla kuten nyt, sillä Virve oli vanhempiensa luona käymässä ja tulisi vasta parin päivän kuluttua.

130

Pienet tontut jatkoivat jauhamistaan hänen päässään. Aina välillä ne tuntuivat tuovan varman viestin siitä, miten nyt kannattaisi toimia. Saattoivatko Johannes ja Maarju olla Kuntosalimurhien takana? Niissä piili jotakin hänelle vielä käsittämätöntä. Kirmon mielestä myrkky oli naisten käyttämä ase ja usein vielä sellaisessa tilanteessa, jossa suora tappaminen kasvokkaisessa kontaktissa ei ollut aito vaihtoehto vaan tappaminen täytyi tehdä kierosti ja jotenkin salakavalasti. Tämän vuoksi Kirmo epäili Johanneksen samoin kuin Maarjun osuutta, sillä heidän tekemänsä lenkkisukkamurhat olivat nimenomaan suoraa tappamista, vaikkakin ne olivat hyvin suunniteltuja ja toteutettu kekseliäitä välineitä käyttäen.

"Entä ketkä muut olivat vaihtoehtoja kuntosalimurhaajiksi?", kysyi Kirmo itseltään. "Ainakin Kirsikka, jolla oli paljon hampaankolossa Tiina Mämmiä kohtaan – tosin ilmeisesti ei mitään Marjukka Mäkeä kohtaan. Kirsikan motiivi oli kuitenkin seitinohut Tiinankin suhteen ja Marjukan suhteen sitä ei ollutkaan.

Jos jätän Kirsikan ja Maarjun pois laskuista, niin muitahan minulla ei ollutkaan.

Voisiko kyse olla mustasukkaisuudesta tai kaunasta suuren vihan ohessa? Mutta kuka olisi ollut mustasukkainen Tiina Mämmille tai Marjukka Mäelle? Onkohan herra Mäellä rakastajatar? Ei oikein vaikuta uskottavalta.

Mitäpä jos kyseessä olisikin sivullinen vahinko eli myrkky olikin tarkoitettu jollekin toiselle kuin Tiinalle tai Marjukalle? Jos näin oli, niin sitten se varsinaisen myrkyn lykkäsi, sillä jumpissa oli ollut ainakin kolmekymmentä naista ja salihenkilökunta lisäksi."

Näine pohdintoineen saamatta sen enempää selväksi asteli Kirmo työpaikkansa ovesta sisään ja tervehti vastaanoton virkailijaa, joka vastattuaan huomeneen jatkoi:

"Labran Mikko on koettanut tavoitella sinua. On kuulemma kiireellistä asiaa liittyen niihin myrkkypulloihin."

"Kiitos", Kirmo hihkaisi ja suunnisti suoraan tekniikan ihmelapsien tiloihin etsiäkseen Mikon käsiinsä.

"Sinulla oli tärkeää asiaa, tässä seison."

"Huomenta vaan sinullekin rikoskomisario", totesi Mikko ja jatkoi: "Minua jäi hieman vaivaamaan ne juomapullot ja tutkin niitä uudemman kerran, ja löysin kahdet epäselvät sormenjäljet Marjukka Mäen pullosta, tietenkin hänen omiensa lisäksi. Vertasin niitä kaikkien juttuun liittyvien henkilöiden jälkiin, toiset ovat meille tuntemattoman henkilön, mutta arvaatko, kenen osalta tärppäsi."

"Nyt ei ole arvuutteluleikkien aika. Kenestä on kyse?" hieman äkämystyneenä Kirmo tokaisi.

"No, jälki ei ole aivan satavarma, mutta melko hyvä mätsäys saatiin Kirsikka Komulan sormenjäljen kanssa. Olipa hyvä, että otatit häneltä sormenjäljet silloin viimeksi. Auttaako tämä sinua yhtään eteenpäin asiassa?"

Harvoin on rikoskomisario ollut niin äimän käkenä kuin sillä hetkellä. Toivuttuaan hän parahti:

"Tätä en olisi ikinä uskonut. Ja minä kun jo olin jättämässä Kirsikan koko jutun ulkopuolelle ja luotin siihen, että hänellä oli puhtaat jauhot pussissa.

Miten ihmeessä Kirsikan sormenjäljet voivat olla Marjukka Mäen pullossa? Ellei hän sitten ole myrkyttäjämirja?"

Näine mietteineen Kirmo asteli työhuoneeseensa, istahti tuoliinsa sekä alkoi pohtia asiaa nyt esiin tullen tiedon valossa. Olisiko Kirsikka murhaaja ja varsinainen uhri olisi ollutkin Tiina Mämmi ja Marjukka Mäki oli myrkytetty vain sen vuoksi, etteivät epäilykset suuntautuisi Kirsikkaan?

23

Pähkäiltyään aikansa Kirmo kohentautui tuolissaan, otti kännyn käteensä ja kilautti Hilleville. Hän selosti olennaiset seikat uusimmista tutkimustuloksista ja pyysi Hilleviä varmistamaan missä lady Kirsikka tällä hetkellä oleskeli. Muutaman minuutin kuluttua Hillevi kilautteli takaisin.

"Kysymäsi rouvashenkilö on tällä hetkellä kohtalaisen lähellä, hänellä alkaa jumppatunti CAF-salilla, tarkalleen kymmenen minuutin kuluttua. Kerroin hänelle tulevamme haastattelemaan häntä tunnin jälkeen. Ajattelin, että ehkä se saa hänen kielenkantansa herkistymään kun olemme enemmänkin hänen maastossaan kuin täällä meillä. Haluatko, että tulen mukaan?"

Hieman aikaa Kirmo pohdiskeli ja Hillevi jo huuteli, että oletko yleensä hereillä vai mikä miestä vaivasi, kunnes Kirmo vastasi:

"Todella hyvä, jos tulet mukaan. Sinun äidillinen olemuksesi rauhoittaa sekä naisia että miehiä. Lähdemme puolen tunnin kuluttua."

Hillevi purskahti nauruun toisessa päässä ja sanoi ennen kuin Kirmo ennätti sulkea puhelimen:

"Et voi olla tosissasi, minusta tuntuu, etten rauhoittaisi muita kuin virtahepoja. Tunnen itseni niin runsaaksi tämän suuren raskausvatsani kanssa. No, onneksi tätä kestää enää vain muutaman kuukauden. Mutta joo, olen valmis puolen tunnin kuluttua."

134

Sovittuna aikana parivaljakko lähti tallustamaan kohti CAF-salia jutellen matkan aluksi niitä näitä. Kirmo arvosti suuresti Hillevin kykyä hahmottaa asioita, ja loppumatkasta he ehtivät vaihtaa käsityksiään myös tutkittavasta jutusta. Tässä vaiheessa Kirmo ei kuitenkaan vielä paljastanut tietojaan Maarjun todellisesta henkilöllisyydestä koska arveli siihen olevan aikaa myöhemminkin; nyt pitäisi keskittyä vain Kirsikan sormenjälkiin myrkkypullossa. Kirmo ehdotti, että Hillevi ottaisi vetovastuun juttutuokiosta Kirsikan kanssa.

Saavuttuaan salille he pyysivät vastaanotosta, jossa tällä kertaa oli sekä salipäällikkö Jari että iloinen yllätys Maarju, että he saisivat käyttöönsä yläkerran neukkarin. He pyysivät Jaria toimittamaan Kirsikan sinne jumppatunnin jälkeen. Rauhoittaakseen tilannetta he kertoivat, että heidän täytyi haastatella Kirsikkaa vielä lisää jumppatuntien aikaisista tapahtumista, sillä tämä oli avainhenkilö, koska oli ollut vetäjänä molemmilla tunneilla, joissa myrkytys oli ilmeisesti tapahtunut.

Poliisit kiipesivät toisen kerroksen neukkariin ja odottivat tovin, jonka jälkeen Kirsikka – hengästyneenä ja punoittavin poskin – asteli sisään.

"Mi... miten voin auttaa teitä? Olen jo kertonut ihan kaiken, minkä tiedän, en osaa sanoa mitään lisää", hän kysyi arastellen.

Hillevi katsoi Kirsikkaa pitkään ja sanoi rauhoittavasti:

"Ei mitään hätää, meidän on varmistettava vain muutama seikka jumppatuntien tapahtumista ja siinä asiassa sinä olet tärkein todistaja."

Hillevi kehotti Kirsikkaa istumaan ja kiersi pöydän takaa sulkemaan oven ennen kuin jatkoi: "Aluksi voisit vielä toistaa kaiken, minkä muistat noiden kahden tunnin tapahtumista. Tapahtuiko mitään sellaista, johon ehkä kiinnitit huomiosi?"

Pohdittuaan hetken Kirsikka toisti saman, mitä oli aiemmin kertonut tunnin kulusta. Poliisit kuuntelivat tarkasti, mutta mitään uutta, mihin tarttua he eivät löytäneet. Kirsikan kertomuksessa ei vaikuttanut olevan poikkeamia aikaisempaan nähden, joten selostusta saattoi pitää luotettavana.

"Liikuitko itse tuntien aikana salissa vai olitko ketarat ojossa kuten kaikki muutkin?" Hillevi kysyi vielä tarkentavasti.

Kirsikkaa hieman hymyilytti tuo ketarat ojossa, mutta hän vastasi asiallisesti:

"Sitä en muista tarkkaan, mitä tein loppurentoutuksen aikana, todennäköisesti en liikkunut vaan otin itsekin rennosti. Yleensä en liiku etukorokkeen ulkopuolella tunnin aikana, ellei satu jotain poikkeuksellista, loukkaantumisia tai muuta sellaista."

"Mitään muuta 'sellaista' ei siis sattunut?"

"No. Asia on nyt niin," Kirsikka aloitti ja vilkuili salin päällikön ovelle, joka pysyi suljettuna, "että sinä päivänä kun Marjukka Mäki sai myrkkyä, salin vesijohdoista tuli vain lämmintä vettä. Pomo sanoi silloin että yritetään olla lörpöttelemättä siitä liiaksi, koska se voi olla huonoa mainosta salille. No vika saatiin kyllä pian korjattua, mutta Pomo käski nostella kylmäkaapista energiajuomapulloja tiskille, niin että kaikilla halukkailla olisi kylmää juotavaa."

Hillevi nosti kulmakarvojaan yllättyneenä ja jäi tuijottamaan Kirmoon. Kirmo hymähti ja arveli itsekseen: "Joko tuo nainen kertoi viattomasti sen, miten hänen sormenjälkensä joutuivat myrkkypulloon, tai sitten hän on todella älykäs ja osaa pelata omaan pussiin täydellisesti. Tuossa tuli erinomainen selitys, jopa niin erinomainen, että se ei liene pelkästään keksitty vaan ihan aito. Mutta voiko häntä silti pitää vielä epäilyksenalaisena?"

Hetkisen Hillevi vielä jututti Kirsikkaa ennen kuin totesi: "Kiitos paljon, palaamme asiaan tarvittaessa. Mukavaa päivänjatkoa."

Kirsikan poistuttua Hillevi katsoi Kirmoon päin. "Vieläkö epäilet häntä vai tyydyttikö selitys? Minusta hän vaikutti vilpittömältä ja rehelliseltä ja sopivan rauhalliselta meidän käsissämme, hän ei ollut korostetun tai teeskennellyn tyyni vaan mielestäni aito. Mutta eihän sitä koskaan voi tietää."

"Olen samaa mieltä, mutta pidetään häntä kuitenkin vielä mukana epäiltyjen joukossa, muuten meillä loppuvat epäillyt kesken. Hän on kuitenkin paras valinta tällä hetkellä, sillä hänellä olisi erinomainen motiivi Tiina Mämmin murhaan. Marjukka Mäki saattaa olla vain harhautus."

He keräsivät tavaransa neuvotteluhuoneesta ja astelivat alakertaan vastaanottoaulaan. Kirmo halusi käyttää hyödyksi sattuman järjestämää mahdollisuutta tutkailla ja jututtaa Maarjua. Kaikeksi onneksi paikalla ei ollut muita. Kirmo nojaili vastaanottotiskiin ja alkoi kysellä kaikenlaisia melko yksinkertaisia ja osin hölmöltä vaikuttavia kysymyksiä.

Hillevi kurtisti otsaansa ja ajatteli, että olikohan meidän komisario retkahtanut Maarjuun, sillä niin lempeitä katseita ja maireita äänensävyjä tämä Hillevin mielestä soi naiselle. Hillevi tutkaili sivusilmin mutta tarkkaavaisesti molempien käytöstä. Omituisella tavalla hänestä alkoi tuntua, että hän tuntee tuon naisen. Mutta mistä, sitä hän ei osannut sanoa. Jotkut eleet olivat samoja kuin – kenellä? Kasvot tuntuivat vierailta, mutta eleiden lisäksi jokin tuossa habituksessa oli tuttua, ilmeisesti vuosien takaa.

Hän ei ehtinyt kuitenkaan kelata päässään kaikkia mahdollisuuksia ja hämärä aavistus jäi hämäräksi, sillä Kirmo sanoi äkkiä:

"Kiitos Maarju, kivaa päivää sinulle, näemme taas jonkin ajan päästä kun tulen treenaamaan", ja hän koppasi Hilleviä käsipuolesta ja he riensivät, hieman tavanomaista hitaammin, johtuen tietysti Hillevin tilasta, ulos salilta ja lähtivät suuntimaan kohti Tikkurilantien työpaikkaansa.

Heidän astuttuaan ulos Hillevi oli hetken vaitonainen, aivan kuin koettaisi selvittää päätään, mutta ei tuntunut pääsevän puusta pitkään, ja hän tokaisi Kirmolle tylysti:

"Mitä sinä oikein pelleilit tuon Maarjun kanssa, meinaatko ottaa nuoremman? Ja mitä luulet Virven tuumivan asiasta?"

Kirmo jatkoi tallustamistaan ja odotti hetken ennekuin pudotti pomminsa.

"Et varmasti usko tätä, mutta olen melko varma, että Maarju on todellisuudessa rakas tuttavamme Pirita Kaljulaid, sama nainen, joka pakeni lenkkisukkamurhien jälkeen Brasiliaan. Kuten huomaat, plastiikkakirurgi on tehnyt loistavaa jälkeä, jopa sormenjäljet on vaihdettu."

Yleensä asioihin hyvin järkiperäisesti suhtautuva Hillevi tarttui Kirmon raiveleihin kiinni ja huusi yllättävän kovalla äänellä:

"Mitä tässä sitten vielä odotetaan? Miksemme pidätä häntä välittömästi? Mitä sinä oikein kuhnailet? Ja kuinka kauan olet tämän tiennyt?"

Hän oli jo ryntäämässä takaisin salille pidättämään Maarjua, mutta Kirmo tarttui rauhallisesti hänen käteensä.

"Rauhoitu Hillevi hyvä, hän ei karkaa mihinkään, me emme saa antaa hänelle myöskään mitään syytä pakenemiseen. Olen varma, että jos Maarju on palannut, niin Johanneskaan ei ole kaukana, ja hänet minä ehdottomasti haluan telkien taakse. Mutta me emme pysty tunnistamaan häntä, sillä kuten Maarjusta näit, muodonmuutos on ollut melkoinen ja sama on tilanne varmasti Johanneksenkin kanssa. Piritankin paljastuminen oli pelkkä sattuma."

Ja jatkaen vielä:

"Odotan hunajan vetävän kärpästä puoleensa, ja minä haluan käyttää Maarjua syöttinä. En vain ole vielä keksinyt, miten varmistan mahdollisimman nopean saaliin kaappaamisen, sillä Maarju näyttää elelevän yksikseen, ainakin salin työntekijöiden mukaan. Minulla ei ole vielä sen suurempaa havaintoa Johanneksesta, ainoastaan eräs epäselvä tilanne, jossa Maarjua ahdisteli iso korsto kuten Johanneskin on, mutta nainen on sen verran hyvännäköinen, että häntä varmaan lähentelee, joko enemmän tai vähemmän tahdikkaasti, muutkin kuin Johannes."

"Mikä sitten olisi sinun mielestäsi paras tapa napata lenkkisukkamurhaajat?" Hillevi kysyi.

Kirmo ei osannut vastata.

24

Istahdettuaan Kirmon työhuoneen nojatuoliin – se oli muhkea, kuin laiskanlinna – Hillevi ensin sijoitteli vauvavatsansa sopivaan asentoon, nojautui sitten taaksepäin ja pyöritteli hitaasti niskaansa aivan kuin voimistaakseen neuronien virtausta myös niskan yläpuolella.

Kirmo keskittyi kuuntelemaan.

"Mutta jos Maarju on todellakin Pirita, niin eikös hän ota ritolat, jos sinä rupeat liiaksi pyörimään hänen ympärillään? Luulisi hänen pitävän sinua itselleen suurimpana uhkana, sillä sen verran lujille heidät pistit lenkkisukkamurhien selvittelyssä, vaikka he pääsivätkin luikahtamaan ties minne, ilmeisesti lopulta Brasiliaan."

"Olen itsekin pähkäillyt samaa, mutta tulin siihen tulokseen, että sekä Maarju että Johannes luottavat saamaansa kirurgin käsittelyyn ja sen vuoksi ovat varmoja siitä, että en pysty heitä tunnistamaan. Johannes ainakin oli niin ylivarma omasta älykkyydestään, että hän voi aivan hyvin kuvitella kävelevänsä nenäni edessä minun tuntematta häntä. Hän saattaa jopa hekumoida sillä ajatuksella. Ehkäpä hän on saanut tartutettua Maarjuunkin sen verran itseluottamusta, että hänkään ei kaihda minua tai poliiseja sen kummemmin. On hyvä muistaa, että hänen paljastumisensa oli aivan sattuma – minäkään en älynnyt Maarjun olevan Pirita vaikka hänet nähdessäni sainkin erilaisia dejavu-tuntemuksia."

140

"Mutta", Kirmo jatkoi painokkaasti, "minä todellakin haluan Johanneksen käpälälautaan. Ja vaikuttaa siltä, että Maarjun avulla siihen tarjoutuu paras tilaisuus. Tuleeko sinun mieleesi jotakin keinoa, miten voisimme käyttää häntä ansana tai syöttinä?"

"Jos muistan oikein, niin Johannes oli aivan retkussa Piritaan eli Maarjuun. Sain sen vaikutelman, että hän oli myös hyvin mustasukkainen. Aggressiivinenhan hän totta kai oli, sillä tuskin he lenkkisukkamurhia tekivät ihmisrakkaudesta. Voisimme alkaa varjostaa Maarjua. Lisäksi voisimme käyttää hyväksemme Johanneksen mustasukkaisuutta. Etsimme jonkun, joka alkaa iskeä Maarjua ja koettaa saada tämän koukkuunsa. Jos tämä kuhertelu tapahtuisi riittävän julkisesti ja pitkään, niin varmasti Johannes ilmestyy jollakin tapaa esiin ja ilmoittautuu puolustamaan omaisuuttaan."

Kirmon nyökytellessä hyväksyvästi Hillevi jatkoi:

"Se on minusta outoa, että tietojesi mukaan Maarju vaikuttaa elelevän yksinään eikä Johannesta näy mailla eikä halmeilla. Olisikohan Mr. ja Mrs. Lenkkisukkamurhaajille tullut ryppy rakkauteen Copacabanan rannoilla? Vai eikös laukullinen rahaa riittänytkään ikuiseen onneen?"

"Tiedä häntä", virkkoi Kirmo, "totta tosiaan haluaisin tietää, miksi he ovat palanneet. Ja mikä on heidän osuutensa kuntosalimurhissa?"

Tähän Hillevillä ei ollut vastausta. Kirmo jatkoi:

"Mutta ajatuksesi Maarjun hurmaamisesta voisi toimia, ja mielelläni, jos olisin nuorempi mies, ottaisin itse asian hoitaakseni, mutta nykyisessä tilanteessani en halua sitä tehdä. Sitä paitsi varjostajan pitää olla Maarjulle ennestään tuntematon. Tuleeko mieleesi ketään riittävän hurmausvoimaista, jota voisimme hyödyntää?"

"Hmm. Siinä meillä onkin melkoinen probleema, sillä Don Juanimme pitää olla vapaa toimimaan, minä en ainakaan halua saattaa puolisoiden välisiä riitoja aikaan. Jos Don Juanillamme on vaimo, voi olla vaikea selittää, että työ vaatii miestä jahtaamaan sellaista kaunotarta kuin Maarju on, sitä tuskin uskoisi itse pirukaan."

Molemmat poliisit menivät hiljaisiksi. He vaikuttivat vaipuneen syvälle mietteisiin, ja sulkivat jopa silmänsä aivan kuin katsoakseen päänsä sisään löytyisikö sieltä mitään järkevää ehdotusta. Ja totta tosiaan hetken kuluttua he huudahtivat kuin yhdestä suusta:"

"Taneli Torsso!"

"Aivan. Meillä on täydellinen Don Juan käytössämme! Taneli Torsso sopii erinomaisesti tähän tehtävään. Hänen habituksensa ja käyttäytymisensä ovat aivan onnen omiaan tähän, ainakin kaikki KRP:n naiset ovat hänen lumoissaan. Eikä hänellä ole käsittääkseni vaimoa, ei edes tyttöystävää."

"Minäpä kilautan saman tien hänen pomolleen ja pyydän Tanelia tähän erikoistehtävään meidän käyttöömme", Kirmo ryhtyi heti toimeen.

"Sopiiko sinulle, Hillevi, että preppaamme hänet yhdessä tehtävään? Tuleepa asia paremmin selvitettyä, kun on feminiininen näkökulma mukana."

"Totta kai, Kirmo hyvä", Hillevi innostui ja jatkoi, "onpahan mukavaa olla taas mukana oikeassa jutussa vaikkakin vain taustalla."

Soitettuaan Tanelin pomolle ja saatuaan myöntävän vastauksen he jäivät jännittyneinä odottelemaan Taneli Torsson saapumista, sillä kaikeksi onneksi hän oli juuri nyt työvuorossa. Mies saapui kymmenen minuutin kuluttua, paukautti oven rivakasti auki ja kysyi Kirmolta Tuntemattoman Rokkaa lainaten:

"Missäs sie Kirmo tarvitset oikein hyvvää miestä, täss siul ois semmoinen."

Kirmo ja Hillevi alkoivat selvittää hänelle, missä oikein hyvää miestä tarvittiin ja miksi. Aluksi Tanelin ilme kuvasti suurta hämmästystä ja hienoista epäuskoa hänen kuunnellessaan, mitä häneltä odotettiin, mutta aikaa myöten alkoi ymmärrys loistaa hänen kasvoiltaan ja hän alkoi hymyillä iloisen näköisenä. Lopuksi hän totesi hilpeästi naurahtaen:

"No, kerta se on ensimmäinenkin, kun pomot pyytävät – itse asiassa vaativat – hurmaamaan viehättävän nuoren naisen ja maksavat siitä vielä palkkaa. Kulutkin on luvattu korvata! Yleensä teen nuo hommat mielelläni ihan ilmaiseksi. Kiitos Kirmo."

Kirmo halusi palauttaa innokasta miestä maanpinnalle.

"Ei tämä komennus välttämättä pelkkää herkkua ole, sillä mustasukkainen Johannes voi vaania – toivottavasti vaaniikin – ja iskeä missä ja milloin tahansa. Turvaksesi saat käyttöösi pikahälytyksen, ja lähin partio on vain hetken päässä aina silloin kun olet Maarjun kanssa. Me emme missään nimessä halua vaarantaa sen enempää sinua kuin häntäkään. Olisi tietysti kätevintä, jos saisit tuosta ladysta puristettua tiedon Johanneksen olinpaikasta, silloin voisimme rientää pidättämään hänet sieltä."

"Mutta", jatkoi Kirmo vielä, "jos kaikki on kunnossa ja olet selvillä vesillä siitä, mitä sinun tulee tehdä, niin käydään hommiin. Aivan ensiksi liityt CAF-salin jäseneksi; voit aloittaa Maarjun lähentymisen sieltä."

Kirmo huokaisi syvään helpotuksesta. Asiat sittenkin etenevät. Lopulta hän saisi Maarjun ja Johanneksen kiinni. Varmasti myös Tiina Mämmin murhaaja sekä Marjukka Mäen murhaa yrittänyt roisto löytyy.

Puhelin soi.

Kirmo huomasi, että soittaja oli laboratorioteknikko Mikko.

"Komisario?"

Kirmo vastasi. Hän kuuli, kuinka Mikko nielaisi ja vaikeni sitten.

"Hei Mikko! Kerro!"

"Sanoin sinulle, että Marjukka Mäen urheilujuomapullossa oli kolmet sormenjäljet. Yhdet olivat hänen omansa ja toiset Kirsikka Komulan. Nyt myös kolmannet sormenjäljet on saatu selvitettyä."

"Niin?"

"Muistat varmaan, että avuksesi hätyytetyt poliisit haastattelivat kaikkia murhayrityksen aikana CAF-salilla olleita? He ottivat samalla kaikista sormenjäljet. Kolmannet sormenjäljet myrkkypullossa olivat Virven."

144

25

Heini Jutila heräili uuteen päivään ja venytteli nautinnollisesti jäseniään. Hän hieraisi silmiään ja pyöritteli sängyssä nilkkojaan saadakseen veren paremmin kiertämään. Hän ei ollut oikeastaan aivan varma, oliko hän hyvällä tuulella vaiko huonommalla, sillä hänellä oli aihetta kumpaankin. Hyvä mieli kumpusi siitä, että hän oli saanut hetkisen nauttia elämänsä miehen seurasta ja jopa nuojata häneen ohimennen, lisäksi hän oli varma, että Kirmon silmistä hän oli lukenut suuren rakkauden kaipuun, vieläpä sen kohdistumisen häneen, ja miehen halun päästä toteuttamaan kaipuunsa. Heini olisi ollut siihen valmis jopa Lummehuoneessa, mutta tuo söpö ja ehkä hieman ujo karpaasi oli kuitenkin päästänyt hänet poistumaan ja menemään menojaan. Tästä kasvoi hänen mielessään siemen kurjaan mielialaan.

"Suuri rakkautesi on tässä – tartu kiinni ja ota omasi!" hän oli yrittänyt viestittää tuolle uljaalle uroolle. Silti Kirmo oli antanut hänen lähteä.

Heini oli aina kuvitellut omaavansa sen verran esoteerisia taitoja, että tiesi osaavansa loihtia miehen mielen, näin ainakin olivat monet miehet hänelle vakuuttaneet. Jostain syystä Kirmoon nämä yritykset eivät olleet tehonneet. Niinpä hänen mieleensä nousikin ajatus, no typerä sellainen, mutta pieni ääni alkoi kuiskia, ettet sinä Heini mikään loihtija ole, et pystynyt saamaan koukkuusi yhtä yksinkertaista suomalaista poliisikomisariota, olet etääntynyt kauaksi esiäitiesi taidoista. Heini yritti sulkea korvansa ääneltä, mutta hitto soikoon, se tuli pään sisältä ja sieltä päin hän ei pystynyt korviaan sulkemaan.

Usein Heinin viettäessä lomapäiviään mökillä Uuraisilla Mummo oli kertonut hänelle esiäideistään ja siitä, mitä kaikkia noitatemppuja nämä olivat tehneet. Eräs usein toistuva tarina oli kertomus Blåkullasta, joka yleensä on liitetty ruotsalaisiin noitiin, mutta Mummo oli painokkaasti kertonut, että meidän, sinun Heini ja minunkin, esiäitimme olivat lentäneet Blåkullaan ja siellä osa heistä oli joutunut fuit candelabrum -teon kohteeksi. Teko tarkoitti sitä, että kyseinen noita-akka asetettiin seisomaan pääalaspäin, pitkä hame korviin valahtaen, ja hänen molempiin reikiinsä työnnettiin kynttilä, onneksi sentään liekkipuoli ylöspäin. Näin he valaisivat juhlapaikkaa, jossa harrastettiin seksiä saatanan kanssa.

"Alan mennä päästäni sekaisin", Heini huokaisi sängyllään ja tokaisi sitten itselleen: "minut pitäisi kai sitoa pystyasentoon seisomaan yöt ja päivät. Silloin veri pääsisi laskeutumaan pois päästä ja mieleni rauhoittuisi." Heini muisti lukeneensa, että muutama aikakausi sitten Ruotsissa kansan uskomus oli juuri pystysuorassa asennossa pitäminen, kun ihmisen katsottiin menettäneen järkensä.

"Onneksi nykyään ei ajatella noin typerästi."

Samassa Heinin tajuntaan iski uusi ilmestys. Hän kuvitteli näkevänsä sen selkeästi kuin häikäisevän auringon ulkona. Oivallus ällistytti häntä, ja hän tiesi, että tämä oli se voima, joka häntä ajoi, joka oli jo pitkään ajanut. Ilmestys oli lyhyt, oikeastaan vain yksi pieni sana: *Virve.*

Näky nousi kristallinkirkkaana, ensiksi se valaisi hänen mielensä mutta heti sen jälkeen masensi, koska hän käsitti, mitä viesti tarkoitti. *Tuo paholaisnainen on minun onneni tiellä. Jos häntä ei olisi, niin Kirmo olisi ikuisesti minun.* Voimakas tornado pyöri hänen mielessään, ja se pyöri vain yhden ajatuksen kimpussa: "Miten saan Virven hävitettyä Kirmon elämästä ja unelmieni miehen itselleni? Minun on keksittävä jokin keino."

Ponkaistuaan vuoteesta Heini sujautti itsensä ensin kylppäriin, otti pikaisen suihkun, keitti itselleen kahvit, meni kahvimukin kanssa olohuoneen sohvalle ja alkoi tankata itsekseen vaihtoehtoja, joiden avulla saisi Virven vaikutuksen eliminoitua Kirmosta pois. Hän mietti miettimästä päästyään erilaisia keinoja.

"Hyvä, että olen seurannut lemmittyäni ja hänen typerää lehmäänsä ja tiedän kaiken heistä ja heidän elämästään. Niinpä tiedän minä teen, se on hieman vaarallista, mutta kun valitsen oikean ajankohdan ja paikan, pärjään hyvin eikä kukaan saa koskaan tietää, mikä tai kuka iski – olen varma, että onnistun! Nyt minun täytyy vain selvittää, milloin Virve on iltavuorossa, tiedän hänen tekevän kolmivuorotyötä, ja onneksi tunnen hyvin sairaalapastori Janita Jurvan, soitan hänelle ja kysyn asiasta, keksin kyllä jonkin selityksen, miksi tuota tietoa tarvitsen."

Päätettyään mitä aikoi tehdä, alkoi Heinin päivä parantua. Hän totesi olevansa suorastaan erinomaisella tuulella, varmana siitä, että vielä saavuttaisi oman ikuisen Shangri La'nsa.

26

Sairaanhoitaja Virve Näkyvä istui tyynesti henkilö-
kunnan "kopperossa", millä nimellä hoitajat kutsui-
vat osaston hoitohenkilökunnan toimitilaa Peijas-
Rekolan sairaalan osastolla numero 5, jossa hoidet-
tiin pääasiassa pitkäaikaissairaita, ja josta suurin osa
potilaista siirtyi joko Katriinan sairaalaan Vantaan
Seutulaan tai sitten vielä kauemmas, kuka nyt sitten
hyvien elämäntapojensa mukaan yläkertaan tai huo-
nojen perusteella alakertaan. Virve ei ollut aivan
varma siitä, oliko kumpaakaan paikkaa edes ole-
massa ja kumpaan ihmisen olisi parempi päätyä kun
maallinen elämä päättyi. Virve muisti erään iäkkään
talonemännän, jolla oli hyvin pitkälle edennyt
syöpä. Sairaalapastorin lohdutuksiin "kyllä Miina
pääsee varmasti taivaaseen eikä joudu sinne toiseen
paikkaan" emäntä oli tokaissut ykskantaan:
"Aivan sama, kumpaan paikkaan joudun, pää-
asia, että siellä on lämmin."
Vieläkin Virveä nauratti tuon juurevan maalais-
emännän arkirealistinen suhtautuminen omaan pois-
menoonsa. Muisto nosti Virven ajatuksiin mietteitä
ihmisten sisäisestä maailmasta, ja erityisesti tanska-
laisen kirjailijan Jenny Blicher-Clausenin mietteitä.
Teoksessaan "Kjeld – katumaalarin tarina" kirjailija
arvioi säälimättömästi Kjeldin vaimoa Sannya ja tä-
män pikkumaisuutta muun muassa siitä, että Sanny,

huomatessaan mielipiteensä eroavan yleisistä käsityksistä häpesi mielipidettään ja painoi sen alas, ja se lymysi sydämeen kuin pieni lepattava koiperhonen ja aikaa myöten kuoli kokonaan; ja siitä, että Sanny oli pieni, köykäinen ihminen vailla syviä ja kestäviä tunteita eikä kyennyt kestävästi rakastamaan ketään mutta oli silti hullaantuvinaan milloin kehenkin mieshenkilöön. Hänen miehensä, nimeltään Kjeld, oli mielisairas. Sairauden oli aiheuttanut poikalapsen syntyminen kuolleena, mikä oli johtunut siitä, että Sanny ei ollut halunnut kestää synnytystuskia vaan oli vaatinut eetteriä kipujen poistamiseen. Kjeld puolestaan oli vakuuttunut, että ihmiseltä, joka ei pysty pysyvästi kiintymään yhteen ihmiseen, puuttuu luonteen erinomaisuus. Kjeldin mielestä uskollisuus oli hyve numero yksi sen vuoksi, että uskolliset ihmiset pysyivät totuudessa; kaikista synneistä maan päällä oli valhe halpamaisin.

Virven mietteet keskeytyivät, kun hänen korvaajansa Maarit saapui iloisesti pälpättäen.

"Hei uneksija, kello on jo puoli kymmenen, nyt äkkiä käydään läpi kaikki tarvittava, niin pääset pian sutimaan rakkaan köriläasi luokse. Vai tuleeko Kirmo hakemaan sinua, taitaa komisario jo odotella tuolla parkkipaikalla?"

Virve punastui.

"Ei tänään, olen tullut polkupyörällä, saan aina polkiessa työasiat pois päästäni ja tietysti samalla hyvää liikuntaa. Kotiin on vain vajaat viisi kilometriä ja ilta on tänäänkin todella kaunis."

Pitemmittä puheitta ladyt alkoivat tutkailla työn vaatimia tehtäviä, mikä sujui ripeästi, olivathan molemmat asiansa hyvin osaavia sairaanhoitajia. Niinpä heti kymmenen pintaan Virve riisui työtakin yltään, vaihtoi shortsit ja teepaidan ylleen, kipitti ulos sairaalasta, hyppäsi Aino-pyöränsä satulaan ja lähti polkemaan kohti kotia, jossa tiesi Kirmon jo odottelevan. Hän ajoi kohtuullista vauhtia mielissään siitä, ettei liikennettä ollut juuri nimeksikään, ei edes Asolan väylällä, jonka viertä hän polki ennen kuin poikkesi siitä Haavikkotielle kohti suorinta reittiä kotiin.

Hänellä oli korvanapit ja Spotify humisi täysillä, parhaillaan hän kuunteli Violent Feverin biisiä Fuel the Fire, ja kun bändin biisit olivat soineet, alkoi soida Shiraz Lanen Revolution. Virve piti yleensä volyymin korkealla, joten hän ei millään voinut kuulla muita ääniä, ainakaan hiljaisempia sellaisia. Kirmo oli jatkuvasti toitottanut hänelle sitä, että kuuloketta sai pitää vain toisessa korvassa ja että Virven tapa oli hengenvaarallinen.

"Näin olen aina tehnyt eikä mitään ole tapahtunut. Kyllä kai rikoskomisario tietää, etteivät autoilijat tahallaan aja polkupyöräilijän päälle – vai oletko kuullut sellaisesta tapauksesta? Sitä paitsi minä käytän aina pikkuteitä, ei siellä ole autojakaan."

Tämän ylivoimaisen naisten logiikan edessä mies ei voi tehdä muuta kuin henkisesti antautua ja vaihtaa puheenaihetta, ja niin teki Kirmokin.

Siispä tänä kesäisenä iltana hieman kello kymmenen jälkeen Virve polki työstään kohti kotia mielissään siitä, että pääsee kohta Kirmon kainaloon huilaamaan ja käymään läpi päivän uutisia. Hän kääntyi Haavikkotielle; se vietti hiukan alaspäin, ja Virve lasketteli tuttua reittiä lähes keskellä tietä, sillä autoja ei ollut mailla eikä halmeilla, kuten ei ollut minään muunakaan iltana sitä ennen. Hän ajeli kohtuullista vauhtia, mutta kuitenkin sen verran hitaasti, että saattoi nauttia ihanasta kesäisestä illasta. Välillä vaikutti jopa siltä, että hän ajoi silmät ummessa ja ikään kuin vanhasta muistista, ja tietysti musiikki soi korvissa ja vei häntä unelmien kentille.

Hänen takaansa lähestyi suuri musta auto. Mutta sitä hän ei lainkaan havainnut. Ensin auto rullasi hiljaa, mitään ääntä ei kuulunut, saattoi kyseessä olla myös sähköauto. Auto lähestyi Virveä hitaasti, kunnes äkkiä ja yllättäen se lisäsi vauhtia.

Sitten kuului rämähdys. Auto törmäsi tahallaan edellä ajaneeseen polkupyöräilijään, Virveen. Virve lensi kaaressa pyörältään pöpelikköön ja jäi makaamaan tien vieressä kasvavien pensaiden joukkoon, pyörä jatkoi pomppien asfaltilla kunnes pysähtyi rämisten tien laitaan. Onneksi Virve ei lentänyt pää edellä ja lisäksi hänellä oli onneksi kypärä, mutta kaari oli melkoinen. Törmäyksen jälkeen auto kiihdytti vauhtiaan hidastamatta kulkuaan hetkeksikään, jatkoi tietä eteenpäin ja katosi pian näkyvistä.

Keskellä pensaikkoa lojui Virve liikkumattomana. Vajavaista vaikerrusta lukuun ottamatta hänessä ei näkynyt elonmerkkejä. Hän makasi siellä ja näytti enemmän kuolleelta kuin elävältä. Ties kuinka kauan hän olisi joutunut olemaan pöpelikössä ellei Jesse Jyränkö olisi ollut ulkoiluttamassa koiriaan tiellä ja elleivät koirat olisi remponeet hihnojansa niin voimakkaasti, että Jesse päätti katsoa, mitä siellä oikein oli.

"Ei kai se nyt sentään karhu ole", tuumaili Jesse ja meni rohkeasti tutkimaan tilannetta. Hän huomasi Virven, näki että tämä oli ilmeisesti vakavasti loukkaantunut, tempaisi välittömästi kännykkänsä esiin ja soitti hätänumeroon. Onneksi oli sairaala lähellä, ja vain reilun viiden minuutin kuluttua oli Virve jo paareilla, kulki ambulanssin mukana takaisin kohti sairaalaa, joka siis oli myös hänen työpaikkansa.

Kirmo oli odotellut armastaan kotiin ja alkoi jo aprikoida, mitä lienee sattunut, kun Virve ei ilmaantunut. Vastauksen hän sai reilun puolen tunnin kuluttua, kun sairaalasta soitettiin ja kerrottiin, että Virve oli sairaalassa, hänellä oli ruhjevammoja käsissä, selässä, muutama kylkiluu oli murtunut, samoin oikea jalka oli vahingoittunut, mutta hengenvaaraa ei ollut. Lisäksi kerrottiin, että ilmeisesti hän oli joutunut auton yliajamaksi. Soittava lääkäri rauhoitteli Kirmoa ja totesi, että Virvellä oli ollut hyvä onni mukanaan, sillä törmäys oli ollut melkoisen raju, mutta onneksi se oli osunut vain vasempaan kylkeen, jos se olisi tullut suoraan takaapäin olisi Kirmo joutunut järjestämään maahanpanijaisia.

Kirmo kuunteli hiljaisena. Ensin hän kauhistui ja antoi tunteiden viedä, vähän niin kuin Freukkareiden samannimisessä biisissä, mutta sitten hän komensi itsensä järkiintymään ja alkoi käyttää loogista ajatteluaan. Lääkärin lopetettua puhelun Kirmon mielessä taistelivat sekä mielipaha että huojennus. Paha mieli johtui siitä, että Virve ei ollut ottanut huomioon hänen antamiaan jatkuvia varoituksia vaan oli silti kuunnellut musiikkia eikä siksi ollut kuullut autoa. Kohtuullisen vakavasta loukkaantumisesta huolimatta Virvellä ollut ei mitään suurempaa hätää, ja se sentään huojensi mieltä.

"Lähden heti häntä katsomaan", hän päätti.

Samaan aikaan iso musta Land Rover Defender rullasi sisään vantaalaisen omakotitalon autotalliin, autosta nousi nuori naishenkilö, joka ryntäsi katsomaan auton etuosaa. Etukulmassa erottui selvä lommo. Nainen kirosi.

Mustaan huppariin sekä mustiin farkkuihin pukeutunut nainen poistui autotallista, sulki oven kaukosäätimellä ja vilkaisi sitten molempiin suuntiin, ettei ketään ollut näköpiirissä ennen kuin lähti kevyesti hölkkäämään kohti Tikkurilan keskustaa. Matkaa oli parisen kilometriä.

"Nyt siitä Virvestä päästiin", nainen ajatteli tyytyväisenä hölkätessään.

"Toivottavasti Heiskanen ei huomaa auton lommoja. Jos hän kysyy jotain, sanon, että ajoin ruuhkassa päin seinää Jumbon parkkihallissa, koska auto on niin iso auto ja minulle niin outo, hän kyllä uskoo, aivan sama mitä sanon. Nyt kotiin ja suihkuun."

Mutta ei hänen mielensä aivan niin rauhallinen ollut kuin hän olisi halunnut, sillä pieni ääni supatti hänen korvaansa: "Et sitten kuitenkaan uskaltanut ajaa suoraan Virven päälle vaan viime hetkessä koetit vielä väistää kokonaan, muttet enää ehtinyt vaan osuit häneen silti."

27

Seuraavana aamuna herätessään Kirmo huomasi jälleen, kuinka tärkeä Virve hänen elämässään oikein oli, ja häneen iski suuri kaipuu sitä pehmeää persausta kohtaan, joka yleensä lepäsi hänen kätensä ulottuvilla ja jota hän aamuisin hyväili lempeästi ilman sen suurempaa seksuaalista merkitystä. Nyt tuo pehmeä persaus oli jossain muualla, ikävä kyllä, mutta onneksi sentään Virve toipuisi ilman suuria jälkiseurauksia, eikä auton töytäisy ollut vienyt tätä suoraan hautausmaalle.

Haukotellen Kirmo vääntäytyi pystyyn, asteli keittiöön nauttimaan tutun pöppörölasillisen ja hörppäämään kahvit. Saatuaan nopeasti muut aamutoimet suoritettua hän lähti sutimaan kohti työmaatansa, tällä kertaa autolla, sillä hän tiesi tarvitsevansa autoaan päivän aikana.

Päällimmäisenä oli ajatus: "Minun täytyy varmistaa, että Tikkurilan porukka selvittää nopeasti, kuka yliajaja on. Joku rattari tai piripää ehkä?"

Työpaikalle päästyään hän ensiksi soitti Tikkurilan poliisiin tutulle komisariolle ja kävi läpi toiveensa Virven yliajosta. Vastauksena oli, että asia tutkitaan mahdollisimman pikaisesti – tämä oli hyvä uutinen – vähän huonompi oli se, että hänelle todettiin tyynesti, kuinka tällaisessa tapauksessa yliajajaa ei oikeastaan koskaan saada kiinni, koska kukaan ei ollut nähnyt tapahtumaa.

"Silminnäkijöitä ei ole. Usein yliajon uhrikaan ei ole nähnyt mitään, ainakaan silloin kun yliajo tapahtui takaapäin kuten tässä tapauksessa oli käynyt. Tämän osoittivat Virven pyörän vauriot, oli nimittäin melkoinen kahdeksikko se takarengas."

Tähän Kirmon oli tyytyminen. Hän sadatteli itsekseen, että eikö tosiaan ollut mitään mahdollisuutta saada yliajanutta roistoa kiinni, mutta oivalsi sitten, etteivät he millään voisi tutkia kaikkia Suomen autoja. Ainoastaan, jos auton omistaja veisi auton korjaamolle ja siellä havaittaisiin yliajon aiheuttamat vauriot, niin voisi olla pieni tsaanssi, mutta tämä oli erittäin epätodennäköistä, sillä auton omistajahan voi joko korjata vauriot itse tai viedä sen tutulle remonttireiskalle tai vaikkapa Jyväskylään korjattavaksi. Siispä oli jokseenkin mahdoton tehtävä löytää auto sitä kautta."

Kirmolle ei tullut lainkaan mieleen se, että yliajo voisi olla tahallinen teko, vaan hän piti sitä pelkkänä vahinkona. Hän ei voinut mitenkään kuvitella, että joku olisi tahallaan halunnut vahingoittaa Virveä, sillä eihän Virven ammatissa hankittu vihamiehiä eikä sen paremmin vihanaisiakaan.

Hän koetti keskittyä toisaalta myrkkymurhiin ja toisaalta Johanneksen ja Maarjun pyydystämiseen, mutta aivot vain eivät alkaneet toimia. Hän pohti jopa lähtevänsä Lummehuoneeseen lepuuttamaan sydäntään ja aivojaan ja nousi jo lähteäkseen, sillä kelloon katsottuaan hän huomasi, että hänellä oli vielä muutama tunti aikaa ennen kuin saattoi taas lähteä Virveä katsomaan sairaalaan. Kirmon illalla tapaama lääkäri oli nimenomaan painottanut, ettei Kirmon sopinut heti aamusella rynnätä sairaalaan, parasta olisi jos tämä tulisi vasta iltapäivällä, tavanomaisen vierailutunnin aikana. Kirmo ajatteli jopa noudattaa tätä ohjetta, vaikka ei yleensä niin kovin noudattavainen ollutkaan muuten kuin Virve antamiin määräyksiin, joita hän noudatti melko orjallisesti – kuten kaikki kunnon miehet tekivät.

Iltapäivällä Kirmo harppoi sairaalan käytävää kohti Virven huonetta, olipa hän poikennut ostamaan kimpun ruusuja matkalla. Virve näytti vähän oudolta, koska kasvot olivat turvoksissa ja mustelmia ja kääreitä näkyi vähän joka jäsenessä. Mutta virkeä Virve muuten oli ja alkoi heti selittää tohkeissaan.

"Täällä minulla on ollut aikaa miettiä asioita. Muistin erään tapauksen, josta ehkä on sinulle apua."

"Niin? Mutta keskity nyt paranemiseen, nämä tutkimukset ovat kuitenkin toissijaisia."

"Sanopa, onko käärmeellä häntää."

"Että mitä?"

"Niin. Onko käärmeellä häntää? Mietin sitä tässä maatessani, ja sitten yhtäkkiä muistin. Sinä päivänä, kun olimme jumpassa, sinä päivänä kun Marjukka yritettiin murhata. Tulimme yhtä matkaa jumppasalista pukuhuoneeseen. Marjukka kertoi, kuinka hauskaa hänellä ja hänen miehellään Markulla oli ollut edellisenä päivänä lapsenlasten kanssa Korkeasaaressa. Markku oli tiedonhaluiselle Pikulle kuulemma vastannut jotain siihen tyyliin, että eipä käärmeellä taida paljon muuta ollakaan kuin häntä."

"Ja mitä sitten tapahtui?" Kirmo oli pelkkänä kysymysmerkkinä.

"Mutta joo, me molemmat olimme tikahtua nau-
ruun, en meinannut hihitykseltäni saada pukukaapin
lukkoa auki. Täällä maatessani mietin asiaan, ja yht-
äkkiä muistin juomapullon. Minä olin saanut kes-
kuksesta Gatorade-pullon, kaikki saivat, koska oli
kuuma eikä salin hanoista sinä aamuna tullut kylmää
vettä. Ilman vettä hikijumppa on tappavaa, tiedät-
hän. Otin Kirsikalta pullon ja laitoin sen salin sei-
nustalle jumpan ajaksi.

"Muistakaa tankata nestettä vielä iltapäivälläkin,
se on erityisen tärkeää näin lämpimällä", Kirsikka
vielä muistutti jumpan jälkeen. Siinä hässäkässä,
kun jumppa oli loppunut ja kaikki alkoivat valua
ulos, etsin salin reunustalta saamaani juomapulloa,
enkä heti löytänyt sitä, mutta Heini antoi minulle ys-
tävällisesti uuden. No, olin jumpan aikana jo juonut
tyhjäksi tunnille tuomani oman juomapullon eikä
enää ollut jano. Niinpä minä unohdin Heinin anta-
man Gatorade-pulloni pukuhuoneen penkille, siihen
Marjukan pullon viereen."

28

Kirmon känny värisi – puhelin oli äänettömällä – ja katsoessaan näytöllä näkyvää numeroa hän huomasi, että soittaja oli joku hänelle tuntematon. Kirmo siirtyi käytävän puolelle vastaamaan. Miellyttävä naisen alkoi selittää:

"Hyvää päivää, täällä tohtori Aurora Autio Naispsykologiklinikalta. Olen liikkeellä hieman arkaluontoisella asialla enkä ole varma, mitä kaikkea voin kertoa. Mutta aloitan, ja sinä voit sitten todeta, jos alan puhua laittomuuksia. Siis: olen psykiatri ja hoidan potilasta nimeltä Heini Jutila."

Ällistynyt Kirmo hapuili toisella kädellään tuolia, ja istahti sitten kykenemättä vastaamaan. Aurora Autio jatkoi:

"Olen havainnut hänen psyykessään muutaman hankalan, jopa vaarallisen piirteen. Kysymykseni onkin, että voisinko mahdollisesti tulla tapaamaan sinua välittömästi? Mielestäni asia on parasta hoitaa kasvotusten. Olen nyt Tikkurilan keskustassa Pörriäisen toimitiloissa, ja ehdin luoksesi kymmenessä minuutissa, mikäli siis olet KRP:n tiloissa."

Hämmentyneenä Kirmo kuunteli ja totesi sitten ripeästi:

"Ilman muuta. Tervetuloa! Olen juuri nyt muualla, mutta lähden heti, niin olemme perillä yhtä aikaa. Voit odottaa minua aulassa, soita ovisummeria niin vastaanoton virkailija päästää sinut sisään."

Ajaessaan sairaalasta työpaikalleen Kirmo mietti, mitä ihmettä jollain psykiatrilla olisi kerrottavana. Mutta sepä varmaan onneksi selviäisi pikapuoliin. Hän ehti työhuoneeseensa juuri kun tohtori Aurora Autio saapui.

Kirmolla loksahti suu auki. Kuinka sorean näköinen voikaan olla psykiatri! Aika kaukana tuo upea nainen oli hänen kuvittelemistaan psykiatreista. Aurora oli noin metri seitsemänkymmentä senttiä pitkä ja hoikka, hänellä oli kauniit vaaleat, pitkät hiukset, vihreät suuret silmät, jotka tosin hieman jäivät vaaleanpunasankaisten silmälasien varjoon. Hersyvät huulet oli maalattu punaisella huulipunalla, nenä oli pienehkö, Kirmon mielestä jopa nöpö. Hän oli pukeutunut hyvin kesäisesti liehuvaan hameeseen, jossa oli kukkakuvioita sekä korkokenkiin; ainakin 10 sentin koroista huolimatta hän asteli luontevasti, ylävartalonsa hän oli peittänyt vaalealla lyhythihaisella puserolla ja korvissa välkähti pienet timanttikorvakorut. Hän oli häkellyttävän vaikuttava näky.

Voiko tämä ilmestys olla todellakin psykiatri, Kirmolla käväisi mielessä, mutta sitten hän oivalsi, että nainen halusi omalla itsellään tehdä vaikutuksen, ja saattoi samalla suorittaa arvion vastapuolen psyykestä sen perusteella minkä vaikutuksen hänen näkemisensä teki.

Kirmo pyysi Auroraa istumaan, minkä tämä tekikin. Sen jälkeen Kirmo odotti, että nainen alkaisi kertoa asiaansa, jonka vuoksi oli tullut ja joka hänen mukaansa oli vakava ja ilmeisesti olikin, sillä hänen vaikutti olevan hankala aloittaa.

"Tiedän, että terveystiedot ovat erittäin arkaluonteisia tietoja ja niitä saa paljastaa potilassuhteen ulkopuolisille vain joko potilaan suostumuksella, tai sitten jos kyseessä voi olla rikos. En ole kysynyt Heiniltä lupaa, mutta mielestäni tuo toinen vaihtoehto on hyvinkin mahdollinen, joten kerron nyt mitä kaikkea tiedän", Aurora aloitti hetken mietittyään ja jatkoi sitten Kirmon nyökättyä hyväksyvästi.

"Heini Jutila on ollut hoidossani muutaman vuoden, hänellä on *feminam mente inordinatio*. Tämä sairaus on melko harvinainen, sitä esiintyy vain naisilla ja yleensä korkeakoulutetuilla naisilla. Emme tiedä, mistä oikein johtuu, mutta poikkeuksellinen piirre sen esiintymisessä on, että sitä sairastavat naiset ovat opiskelleet humanistisia aloja – sukupuolentutkimusta, viestintää tai naistutkimusta; kauppatieteilijöitä, oikeustieteilijöitä, insinöörejä tai lääkäreitä ei ole joukossa.

Tämän taudin keskeinen oire on se, että siihen sairastuneella menevät reaalimaailma ja haaveet, unelmat ja kuvitelmat sekaisin – he kuvittelevat voivansa elää omassa haavemaailmassaan ja voivansa toteuttaa kaikki kuvitelmansa myös reaalielämässään. Yleensä nämä ovat vain viattomia harhaluuloja, ja usein harhat ovat niin lieviä, ettei niistä ole haittaa arkipäivän toiminnassa eivätkä ne estä näiden naisten sopeutumista johonkin yhteisöön. He pärjäävätkin erittäin hyvin keskenään, joten usein he perustavat omia keskinäisiä seurojaan, joissa toimivat. Kuten sanoin he ovat yleensä sangen harmittomia ihmisiä, valitettavasti joskus sairaus etenee pitemmälle ja silloin sairastunut alkaa toteuttaa käytännössä joko muille tai itselleen vaarallista utopiaansa.

Pitemmittä puheitta voin kertoa, että Heini Jutila on nyt ajautunut siihen vaiheeseen, jolloin hän voi olla vaarallinen toisille. Hän on nimittäin kuolettavasti rakastunut sinuun, hyvä komisario."

Tässä kohdassa Aurora vaikeni ja loi silmäyksen sanattomaksi häkeltyneeseen Kirmoon, joka punastui. Dramaattisen tauon jälkeen Aurora jatkoi: "Hän unelmoi elämästä sinun kumppaninasi. Hänen ilmeinen aikomuksensa on raivata kaikki esteet tieltään saadakseen sinut omakseen. Hän on vihjaillut tähän suuntaan jo pitemmän aikaa, mutta tällä viikolla, itse asiassa toissa päivänä, hän paljasti, kuka hänen intohimonsa kohde on, ja se olet sinä rikoskomisario Kirmo Vakava. Lisäpainavuutta hänen puheilleen sain siitä, että hän totesi itsevarmana "koska kokeillut keinot eivät ole toimineet, minun täytyy siirtyä varmaan keinoon, jolla poistan esteen tieltäni" ja sitten hän vielä jatkoi suuntaan, josta tiesin tuon esteen olevan toisen naisen, ilmeisesti Virve nimeltään."

Kirmo, joka oli kuunnellut korva tarkkana, hypähti pystyyn, pörhisti niskaansa kuten ajokoira ja parahti:

"Siis se yliajo ei ollutkaan vahinko!"

Aurora katsoi häntä silmät ymmyrkäisinä ja aikoi kysyä jotakin, mutta Kirmo ehätti selittämään hänelle Virven eilisestä yliajosta.

"Luuletko, että Heini on todella voinut toteuttaa yliajon? Sehän vaatii jo melko paljon suunnittelua ja onneakin onnistumiseen?"

Aurora vastasi rauhallisena:

"Hän on ilman muuta henkisesti kykenevä sen tekemään ja mitä suunnitelmallisuuteen tulee, niin

161

sinun on hyvä tietää, että koska Heinin sairaus on näin pitkällä, hän on todennäköisesti stalkannut sinua ja sen ohessa Virveä jo hyvän aikaa ja saanut tietää teidän elämästänne ja rutiineista melkoisesti. Siis vastaus on, että hän on sangen kykenevä sen tekemiseen. Mutta nyt minun pitää mennä, seuraava asiakas tulee jo viidentoista minuutin kuluttua. Toivottavasti tästä on apua sinulle ja ennen kaikkea toivon, että voimme näin estää Heiniä tekemästä mitään peruuttamatonta."

Kirmo saattoi Auroran ulko-ovelle ja kiitti suuresta avusta.

"Voinko vielä ottaa yhteyttä jos oli tarvetta?"

"Ilman muuta", Aurora vastasi katsoen Kirmoa syvälle silmiin ja sanoen toivovansa, että Kirmon ollessa jollain tavalla yhteydessä Heiniin, niin hänen, siis Auroran nimeä ei mainittaisi.

"Ei tietenkään, tämä keskustelu jää vain meidän kahden väliseksi."

29

"Olipa päivä", Kirmo huokaisi, istahti autoonsa ja lähti ajelemaan kotiin. Hänen ajatuksensa pyörivät Auroran Aution käynnissä ja kuntosalimurhien uusimmissa käänteissä. Samalla hän yritti saada itselleen selväksi sitä, mikä olisi viisain tapa edetä. Ohimennen hän kuunteli, kuinka autoradiossa alkoi soida yhden hänen suosikkiartistinsa vaikuttava biisi. Kirmo hyräili hiljaa mukana ja mietti, kuinka surullista ihmiselämän kulku tavallaan oli, sillä nuoren unelmat vaihtuivat usein arkirealismin myötä vanhemman ihmisen enemmän tai vähemmän onnelliseen olomuotoon, jossa valintoja ohjaavat useimmiten erilaiset mielihyvät. Hänen kuuntelemansa biisi oli Anssi Kelan 1972, joka Kirmon mielestä kuvasi hyvin nuoruuden hurman "meidän piti muuttaa maailmaa", kuten Anssi Kela lauloi.

Meidän piti muuttaa maailma
Meistä tuli muurareita
Taksikuskeja, suutareita
Yksinhuoltajaäitejä, autokauppiaita
Meistä tuli lääkäreitä
Virkamiehiä, vääpeleitä
Ja tänään voidaan hetki olla kuninkaita

Juuri niin, voimme olla hetken kuninkaita kun juhlimme vuosien vierimistä luokkakokouksissa, ja sitten lopuksi huomaamme, että ainoa mitä voimme

163

sanoa hyvälle ystävälle vuosien takaa, että "oli kiva nähdä".

Arjen kiireiden keskellä olisi tärkeää muistaa, että teemme aina itse omaa elämää koskevat päätöksemme ja että kunakin hetkenä tehdyt päätökset vaikuttavat todella pitkään ja muovaavat elämäämme. Sen vuoksi meidän tulisi aina käyttää harkintaa siitä, mitä teemme, emmekä saisi turhan usein tehdä nopeita ratkaisuja. Siinä on vain se huono puoli, että hyvät päätökset edellyttävät usein vaivannäköä ja itsekuria, ja tuntuu siltä, että nykyihmisellä ei ole halua kumpaankaan, vaan halutaan elää kuin taivaan linnut tai heinäsirkat. Menestystä ja hyvää elämää toivotaan, mutta unohdetaan se, että vain sanakirjassa menestys tulee ennen työtä ja elämässä järjestys valitettavasti on aina toisin päin. Haluaisimme olla tavalla tai toisella arvostettuja ja ihailemme menestyviä ihmisiä, mutta emme tajua sitä, että näemme vain pintakiillon; sitä suurta työmäärää, mitä menestyminen on vaatinut emme näe, puhumattakaan siitä, ettemme näe lainkaan niitä ongelmia tai huonoja asioita, mitä menestyminen mahdollisesti tuo tullessaan.

Tässä vaiheessa komisarion mietteet katkesivat, sillä hänen kännykkänsä pärähti soimaan tuttua biisiä "Hyvät, Pahat ja Rumat".

Kirmo kurvasi viereiselle bussipysäkille, koppasi kännyn käteensä ja totesi tomerasti:

"Mitä Taneli? Miten Maarjun kanssa menee? Onko Johanneksesta mitään tietoa?"

Kirmo jäi kuuntelemaan Tanelin selostusta korva tarkkana, sillä hän tiesi, että nyt alkoi olla tiukat paikat käsillä heidän Johanneksen pään menoksi virittämällään kyttäyskeikalla. Taneli oli säännöllisin väliajoin raportoinut etenemisestä Maarjun valloittamiseksi ja todennut, että tämä olikin hankala pyydystettävä, mutta lisännyt sen verran, että Kirmo oli ollut oikeassa. Joku mies todellakin stalkkasi Maarjua, ja siitä päätellen että nainen oli selvästi peloissaan, mies saattoi hyvinkin olla Johannes.

Maarjulta oli kerran lipsahtanut, että mies oli hänen exänsä, jostakin menneestä ajasta puhuttaessa. Taneli oli nähnyt miehen hänen ollessaan kerran elokuvissa Maarjun kanssa. Tuo mies, melkoinen körmyniska, oli ilmestynyt heidän eteensä ja ohimennen tönäissyt häntä kovakouraisesti mutta paennut sitten nopeasti tiehensä.

"Mutta nyt olisi syytä saada backuppia", kinusi Taneli, "sillä tänä iltana olemme menossa On the Rocksiin, tosin ensin vielä ladyn syömään Farangiin ja vasta sen jälkeen tuohon baariin." Taneli aavisteli, että tällä suunnitelmalla hän raivaa tiensä Maarjun kämpille, loppuosa ei kuulunut sen enempää Kirmolle kuin KRP:llekään.

"Tapaan Maarjun kello 20, sitten siirrymme ravintolaan. Voisitko Kirmo siis järjestää muutaman hemmon minulle turvaksi? Jospa Johannes vaikkapa ilmaantuu."

Mietteliäänä Kirmo kuunteli pohtien samalla, miten hän parhaiten saisi selustan turvattua, sillä vaikka hän ensin ajatteli olevansa yksi taustaryhmästä, niin Johannes tunsi hänet niin hyvin, että he kaikki paljastuisivat.

"Ok. Pidän huolen, että taustaryhmä on valmiudessa jo ennen Farangia ja On The Rocksia ja myös koko kotimatkan ajan. Järjestän teille turvallisen taksikyydin Maarjun kotiin saakka. Olen itse valmiina, ja kun lähdette tulemaan kohti Tikkurilaa, hiippailen Maarjun kotitalon kieppeille. Olen jokseenkin varma, että Johannes iskee vasta siellä, muualla on aivan liian paljon porukkaa, mutta täällä maalla Tikkurilassa ei liiku siihen aikaan juuri ketään. Haluan olla itse lyömässä hilut Johanneksen ranteisiin, minulla on hänelle vähän enemmänkin sanottavaa. Maarjulla ei siis ole harmainta aavistustakaan siitä, että olet poliisi? Hän on itse asiassa houkutuslintu, mutta joutuu vielä vastaamaan lenkkisukkamurhista itsekin."

Toisessa päässä Taneli vakuutteli, että mimmi oli täysin tietämätön kaikesta, mutta sen kyllä huomasi, että Maarju oli sangen varovainen ja peloissaan, sillä hän ei ollut meinannut millään laskea Tanelia edes käymään kotonaan, ja oli pihdannut seksiäkin.

Lopetettuaan puhelun Kirmo kurvasi ympäri, ajoi nopeasti takaisin työpaikalle ja rupesi pikaisesti kokoamaan taustaryhmää. Hän kelpuutti vain kaksi konkaria, joita hän oli käyttänyt vastaavantyyppisissä tehtävissä ennenkin ja jotka osasivat soluttautua tavallisten ihmisten joukkoon siten, ettei heistä voinut löytää edes poliisin hajua. Hän sopi kaiken valmiiksi ja antoi miehille tarvittavat toimintaohjeet ja korosti vielä sitä, että mikäli ennen sitä ei häiriöitä ollut, piti olla erityisen skarppina silloin, kun pariskunta saapuisi Tikkurilaan, koska silloin Johannes viimeistään iskisi.

Samanaikaisesti Kirmon organisoidessa taustaryhmää pohti Johannes omassa kolossaan, miten valloittaisi Piritan takaisin itselleen. Salilla Johannes oli vokotellut erästä viehättävää personal traineria jonkin aikaa, tosin vain ystävällisyysmielessä, ja häneltä Johannes oli urkkinut tietoja Piritan/Maarjun styylaamisesta Tanelin kanssa. Ja nyt tärkein askel olisi eliminoida tuo kirottu nulikka, joka hääräili hänen rakkaansa ympärillä. Johannes ei voinut ymmärtää, mitä Pirita näki tuossa kakarassa, jona hän Tanelia piti.

"Miten ikuisesti rakkautta vannonut nainen voi kohdella minua näin huonosti kaiken sen jälkeen, mitä olemme yhdessä kokeneet?" pohti Johannes. Mutta tänä iltana asiat korjaantuisivat.

"Minä tiedän, mitä he tekevät tänä iltana, minä pidän huolen, ettei heille kunnian kukko laula. Minä korjaan asiat ja poistan tuon klopin tieltäni."

Nuoren parin ilta eteni aivan kuten Taneli oli suunnitellutkin, mitään häiriötekijöitä ei ilmaantunut sen enempää Farangissa kuin On The Rocksissakaan. Nuoripari pääsi onnellisesti taksissa Tikkurilaan Maarjun kotipihaan.

He nousivat taksista ja astelivat kohti ulko-ovea. Samalla hetkellä syöksyi talon takaa roteva mieshenkilö, joka ryntäsi suoraan Maarjun kimppuun ja löi tätä nyrkillä kasvoihin. Maarju vaipui ulisten maahan. Taneli hyökkäsi miehen kimppuun, mies tempaisi kupeestaan sähköpampun ja iski sillä Tanelia oikeaan olkapäähän. Iskun seurauksena Tanelin oikea puoli joutui sähköisten kouristusten valtaan ja hän parahti kivusta. Köriläs kohotti kättään ja aikoi lyödä toistamiseen, ilmeisesti päähän tällä kertaa, kun kaksi lähes yhtä isoa miestä ryntäsi viereisen roskakatoksen sisältä hänen kimppuunsa ja iski miehen tantereeseen.

"Sainpas sinut, senkin roisto. Nyt olet kiinni Johannes, olet paras saaliini ikinä!" karjaisi toinen miehistä.

Maassa makaava köriläs rimpuili ja ärjyi:

"Ja kuka sinä luulet olevasi? En minä mikään Johannes ole, olen Mika Rautia, viaton ohikulkija. Tulin auttamaan kun tuo toinen mies hyökkäsi naisen kimppuun, en ole ikinä ennen nähnyt kumpaakaan."

Hetkiseksi Kirmo hämääntyi ja alkoi miettiä, olikohan hän sittenkin iskenyt väärään saaliiseen, mutta kun hän tarkemmin kuunteli miehen puhuvan, niin hän oli varma: ääni oli Johanneksen ääni. Niinpä hän löi käsiraudat ranteisiin, auttoi miehen pystyyn ja lähti taluttamaan tätä kohti Maijaa. Samanaikaisesti hänen seurassaan ollut toinen poliisi auttoi Maarjua pystyyn ja tiedusteli tämän vointia.

"Kaikki ok", Maarju kuiskasi.

Myös Tanelin kunto osoittautui kohtuullisen hyväksi, sillä hän nousi itse ylös ja totesi, että käsi alkaa pelata jälleen.

Kirmo heitti Tanelille autonsa avaimet ja sanoi:

"Vietkö Maarjun ensin Peijakseen lääkärin tutkittavaksi? Sitten kun kaikki on kunnossa, tuot hänet luokseni KRP:hen, me viemme tämän karpaasin suoraan säilöön ja selvitämme, kuka hän oikein on."

KRP:ssä he veivät Johanneksen ensin antamaan sormenjäljet, ja sen jälkeen hänestä otettiin DNA-näyte. Johannes yritti änkyröidä ja jupista, että nyt teet konsta kuule ison virheen ja se maksaa työpaikkasi, sillä syyllistyt poliisiväkivaltaan ja minä nostan syytteen sinua ja laitostasi kohtaan.

"Meillä on aivan hyvät perusteet pidättää sinut, sillä hyökkäsit kahden ihmisen kimppuun, ja meillä on video tästä hyökkäyksestäsi", Kirmo vastasi tyynesti. "Minä olen vakuuttunut siitä, että olet minun vanha tuttavani Mr. Lenkkisukkamurhaaja Johannes Virtanen. Olet jostain syystä palannut karkumatkaltasi Brasiliasta, ja vaikka oletkin hävittänyt tai pikemminkin vaihtanut sormenjälkesi, niin DNA:tasi et ole voinut vaihtaa. Odotapa vain kun saamme varmistettua näytteen, niin sinä ole lirissä."

Mies huomasi, että peli oli ilmeisesti pelattu. Hänen huulilleen ilmestyi röyhkeä virne.

"Jos nyt vaikka olisinkin kuka se nyt lienikään, niin et minua saa mistään tuomittua, ei sinulla ole mitään todisteita."

"Niitä on aivan riittävästi, haluatko, että alan luetella vai odotatko kun aloitamme oikein perusteellisen tutkinnan? Mutta kerro ilmeessä, kun nyt olit olevinasi niin älykäs ja paljon meitä poliiseja älykkäämpi, niin miksi tulit takaisin? Miksi et pysynyt siellä Brasiliassa? Eikös laukullisen rahaa pitänyt riittää ikuiseen onneen ja autuuteen, kuten lähtöviestissäsi hehkutit?"

Miehen silmiin syttyi hehku, joka hyvin kuvasi hänen egoaan, kun hän alkoi ylimielisesti selittää:

"Olin varma – ja olen muuten edelleenkin – että poliisit Suomessa, ja muuallakin, ovat todella tyhmää sakkia, eikä minulla sen vuoksi ollut mitään varaa kiinnijoutumisesta. Lisäksi Suomessa on niin pienet rangaistukset, etteivät ne pelota ketään. Mutta – se on pakko myöntää – en varmasti olisi palannut, jos Pirita olisi ollut Cobacabanalla niin kuin piti. Vaan kun ei ollut. Ryökäle joutui kesken unelmaloman typeriin oman tunnon tuskiin. Kaiken huipuksi hän kuulemma kyllästyi hiekalla makoiluun, rupesi joogaamaan ja meditoimaan ja tekemään kaikkea sellaista shaibaa. Hän halusi päästä minusta eroon ja aloittaa kokonaan uuden elämään. Siksi hän lähti karkuun ja palasi jostain käsittämättömän typerästä syystä Suomeen eikä mennyt Viroon. Ei edes jättänyt viestiä vaan hän suoraan sanottuna karkasi. Ongin kuitenkin selville, että hän oli palannut Suomeen. Minun oli pakko tulla perässä, ilman häntä elämä ei ole mitään elämää. Rakastan häntä, olen jopa jättänyt huumeet hänen vuokseen. Siksi tulin perässä ja löysin hänet täältä Tikkurilasta. Olen hyvällä yrittänyt saada häntä takaisin itselleni, olen seurannut hänen elämäänsä ja tekemisiään, ja nyt kun hän sortui tuohon penikkaan, minulta paloi päreet. Ja tänä iltana hän olisi vienyt tuon nuoren miehen kotiinsa ja sänkyynsä, se oli minulle liikaa."

Pikkuhiljaa yön hiljaisina tunteina rikoskomisario Kirmo Vakava lypsi Johannekselta kaiken tarvittavan tiedon tämän ja Piritan elämästä sen jälkeen kun he olivat kadonneet Brasiliaan. Hänelle tuli äkkiä mieleen Juhan Vainion ralli "Viiden vuoden päästä" ja sen erinomainen loppusäkeistö:

Mä lompakkooni taitan jälleen kirjeen nuhruisen
On siinä mulla Liljeroosin viesti viimeinen
Se kertoo siitä vaan:
Ei onneen oikeaan
laukullinen rahaa taida riittää alkuunkaan
Sen lisäks' pitäis' olla myös pääomaa henkistä
vaan kun ei ole pidän kiinni Kuopan penkistä
Ja jos on vaikeaa
jo kohta helpottaa
kun taas luen Kallen sanomaa.

(Sanat Vesa-Matti Loiri)

170

"Niinpä niin", tuumi Kirmo mielessään, "ei raha pelkästään tuo onnellisuutta vaan tarvitaan aina myös henkistä kanttia. Sepä se taisikin olla nykyajan suurin puute, tuo henkisen kantin puute – kaikkea muuta on yllin kyllin, ainakin Suomessa, mutta henkistä kanttia löytyy vähemmän ja sitä kun ei edes kaivata tai haluta vaatia."

Kirmo toimitti Johanneksen selliin, samoin oli tehty jo Maarjun kanssa. Johanneksen päällekarkauksen jälkeen Taneli oli vienyt Maarjun Peijakseen. Päivystävä lääkäri oli tutkinut hänen vammansa sekä todennut ne aivan vaatimattomiksi, sillä Johanneksen lyönti oli osunut enemmän olkapäähän kuin päähän. Sen jälkeen Taneli oli suorittanut Kirmon ohjeiden mukaan pidätyksen sekä toimittanut Maarjun Johanneksen viereiseen selliin huilaamaan ja odottamaan seuraavan päivän käsittelyä. Neitonen oli itkeä tuhertanut ja anellut, että häntä ei missään nimessä laitettaisi Johanneksen kanssa samaan selliin, sillä hän vieläkin pelkäsi Johanneksen kostoa.

Tähän hänelle vastattiin, että Johanneksen kosto olisi vielä kaukana ajallisesti sekä alueellisesti, sillä miehiä ja naisia ei säilytetä samoissa selleissä ja että Johanneksen kakku olisi pitkä samoin kuin hänen omansakin. Tämän kakun pituutta Maarju voisi hieman lyhentää toimimalla todistajana Johannesta vastaan sekä muutenkin tekemällä yhteistyötä lenkkisukkamurhien selvittämisessä.

Aamu jo alkoi valjeta, kun rikoskomisario sujakoi kotiinsa rakkaansa viereen.

"Kyllä elämä voi sittenkin olla siidee", hän huokaisi juuri ennen nukahtamistaan.

30

Äänekäs ovikellon rimputus tunki vielä uinuvan poliisikomisarion tajuntaan.

"Mitä ihmettä tähän aikaan yöstä, korvathan tässä kohta halkeaa", mumisi Kirmo. "Kuka kumma siellä on? Ja mikä kiire?"

Mutta ei auttanut, pimputus ei ottanut lakatakseen, ylös oli noustava ja mentävä katsomaan kuka peijooni siellä oikein häiritsi hyvin ansaittua lepoa. Niine hyvineen vääntäytyi mies pystyasentoon. Laahustaessaan ovelle hänen päähänsä puikahti Popedan biisin "Sinä, minä ja Mannerheim" sanat:

"ja nykyään ainoat, jotka ovikellooni pimputtaa, on ulosottomies ja pari sitkeetä jehovaa."

Aukaistuaan oven Kirmo havaitsi, että oven takana seisoi nuori miehenalku, ehkäpä 12-vuotias, joka heti hänet nähdessään huudahti:

"Nyt ylös, isovaari käski, ja heti kosken partaalle, hänellä on tärkeää asiaa!" Saman tien poika pinkaisi tiehensä ja huusi vielä mennessään:

"Hyvää päivänalkua!"

Toki Kirmo oli tuon nuoren miehen tunnistanut; tämä oli Kirmon hyvän ystävän Kaihon jälkikasvua, ties monennessako polvessa. Viesti oli ilmeisesti Kaiholta, jolla oli tärkeätä asiaa.

Kirmo raahautui takaisin olohuoneen puolelle, istahti hetkeksi sohvaan ja huikkasi vuoteessa vielä lojuvalle Virvelle:

"Jatka uinailujasi, kultsukki, minun täytyy pistäytyä asioilla!"

Eipä aikaakaan, kun Kirmo jo kaarteli autollaan kohti Vernissaa, jonka rannasta hän löysi etsimänsä miehen, joka kalasteli kosken partaalla. Etsitty mies, Kaiho Nieminen, vastasi iloisesti Kirmon tervehdykseen.

"Erinomaisen hyvää huomenta hyvä komisario, johan sitä päästiin jalkeille. Miten myrkkymurhien tutkinta etenee? Kuulin, että sait vihdoin viimein tuon niljakkeen Johanneksen satimeen ja tietysti myös ihanan Piritan. He eivät kuitenkaan liene myrkkymurhaajia vai kuinka?"

Kirmo oli vielä hieman unenpöpperöinen, ja kesti hetken ennen kuin hän tajusi mitä kaikkea Kaiho oikeastaan puheli, eikä hän voinut kuin hämmästellä tuon ikiuroksen – sillä Kaihohan oli jo pitkälle yli 90-vuotias – tietoja. Mistä hän oikein kaiken kaivoi? Kirmo ei kuitenkaan ihmetellyt sitä ääneen vaan myönteli kysymyksiin lyhyitä vastauksia.

"Jep, saimmepa Johanneksen ja Piritan kiikkiin. Heillä on edessään pitkä kakku, kummallakin. Mutta myrkkymurhatutkimus on tosiaan vielä auki."

Yllätykset eivät siihen vielä loppuneet, sillä Kaiho kääntyi kysyvän näköisensä hänen puoleensa.

"Entä joko tiedät, oliko Virven yliajo pelkkä vahinko vai oliko mukana tahallisuutta? Oletteko löytäneet yliajoauton?"

"Emme vielä tiedä tapauksesta kovinkaan paljoa. Minusta se vaikutti aluksi vahingolta, mutta en ole enää yhtään varma", vastaili Kirmo vieläkin hieman unesta tokkuraisena.

173

"Minäpä saatan ehkä auttaa tuossa asiassa. Odotas kun kerron, mitä hyvä ystäväni Kaisa Kakko oli nähnyt samana iltana, kun yliajo tapahtui. Hän asuu Ruskeasannassa ja oli poikennut vielä iltasella ulos viemään roskapussia ja nähnyt kuinka suuri, musta maasturi oli ajanut Heiskasten talliin siinä naapurissa, se oli Heiskasten auto, sen Kaisa oli tunnistanut, hänen muistaakseen merkkiä Land Rover. Kaisa tiesi, että herrasväki oli matkoilla ja jäi siksi vähän uteliaana töllistelemään, että joko he nyt palasivat. Vaan ei, tallin ovien sulkeuduttua sivuovesta oli astunut ulos nuori, sporttinen nainen, joka oli pälyillyt ympärilleen, vetäisyt hupparin vetoketjun tiukasti kiinni, kiskaissut hupun päähänsä ja lähtenyt sitten hölköttämään kohti Tikkurilan keskustaa.

Kuka nainen oli, sitä Kaisa ei tiennyt, ja sen vuoksi tuollainen autolainaus oli tuntunut hänestä omituiselta. Kaisa oli palannut sisälle ja kertonut asiasta miehelleen, joka oli naurahtanut, varsinkin kuultuaan nuoren naisen ulkonäöstä "vai niin, Heiskanen heiluu taas" ja sitten vaiennut kuin muuri. Kaisa ei ollut hellittänyt vaan sitkeästi aikansa intettyään saanut kaivettua mieheltään esiin koko jutun.

Huhujen mukaan herra Heiskasella oli pientä – eikä niin pientäkään – vipinää nuoren, kauniin pimun kanssa. Nainen oli töissä samalla kuntosalilla, jossa Heiskanen kävi, ja yllätys yllätys ihastus oli kaiken lisäksi kuulemma vielä pappi.

"Niin ovat ajat muuttuneet, kehitys kehittyy. Ennen vanhaan papit saarnasivat syntiä vastaan, nyt he tekevät sitä itse, ehkä voidakseen paremmin tuntea vastustajansa", Kaisan mies oli hymähtänyt. Mies oli kertonut vielä, että Heiskanen oli kokeillut yksiä

174

jos toisiakin temppuja yrittäessään piirittää pimua; autonlainailu oli vielä pientä. Viimeiseksi lopuksi oli Kaisan mies todennut, että Heiskasen mukaan tuo typykkä oli sangen kiivasluonteinen ja voimakastahtoinen, ainakin välillä. Tämä oli kuulemma aivan kuten Johan Skjoldborg kirjassa Leena kuvailee:

Kun naisen aika tulee, niin eihän sitä mikään pitele, olisi yhtä helppoa pistää suitset auringon suuhun, kuin estää naista saamasta haluamaansa, kun on miehestä kyse.

"Niinpä niin. Eipä ole totuus sadassa vuodessa muuksi muuttunut", Kirmo hymähti mutta antoi sitten Kaihon jatkaa.

"Minulla on vähän sellaiset mietteet, että sinun kannattaisi tutkia tuota Heiskasen Land Roveria."

Kirmo tuijotti Kaihoa aivan kuin olisi juuri ollut tajuamaisillaan jotain. Kaiho huomasi Kirmon mietteet eikä halunnut häiritä häntä, vaan odotti että tämä palaisi tähän universumiin sieltä kaukaa, missä hän sitten liihottikin. Kun hän huomasi, että Kirmo oli palannut takaisin matkaltaan, hän totesi lopuksi:

"Muuten, ihan toisesta asiasta, hyvän komisarius, mitä tuumaat noista vaatimuksista, että vihainen puhe tulee kitkeä ja joku maalittaminen saada loppumaan ja vielä ankarilla rangaistuksilla. Kumpaakaan ei kyetä edes kunnolla määrittelemään, puhumattakaan valvomaan. Taitaa herra komisariukselle tulla kiire vihapuheen jahtaamisessa vai mitä luulet? Vai oletteko perustamassa omaa poliisia tätä tarkoitusta varten niin kuin aikaisemmin poliittisesti kehittyneissä maissa on tehty, esimerkkinä Neuvostoliitto, Natsi-Saksa sekä sen jälkeen DDR; Kiinakin tekee omia yrityksiä kansalaistensa valvomiseksi."

Kirmo nikotteli eikä osannut vastata mitään, sillä häntä suoraan sanottuna korpesi koko ajatus jostain vihapuheesta ja maalittamisesta. Tuntui siltä, että poliittinen ja jopa virkamieseliitti sekä erityisesti mediaporukka muodostui nykyisin molempiin sukupuoliin kuuluvista henkisistä pikkutytöistä, jotka eivät kestä erimielisyyttä. Jos olet heidän kanssaan eri mieltä, olet vihapuhuja. Kukaan heistä ei liene nähnyt Ludvig Holbergin näytelmää "Valtioviisas kannunvalaja", jossa nimihenkilö korostaa, että

ihminen, joka ei voi hillitä itseään ei voi hallita muitakaan ja että ihminen, joka ei kestä kuulla kiukkuisen ja kiivaan naisen suusta pahaa sanaa, ei ole kelvollinen mihinkään korkeampaan virkaan ja jokaisen virkamiehen on kyettävä ottamaan vastaan haukkumasanoja, iskuja ja korvapuusteja.

Tämän viisauden Holberg esitti jo kolmesataa vuotta sitten. Kirmo aikoi juuri tuoda aatoksiaan esiin, kun Kaiho jatkoi. Kirmosta tuntui, että tämä tahtomattaan kaivoi puukolla hänen sieluaan,

"Minkälaisen logiikan näet Kirmo hyvä siinä, että tämän vihapuhe- ja maalittamisvaatimuksen kriminalisoimista ja suomalaisittain kovia rangaistuksia ajavat lähtevät tässä tapauksessa siitä, että kovat rangaistukset vähentäisivät vihapuhetta ja maalittamista, mutta muissa rikoksissa rangaistuksella ei olisikaan ennaltaehkäisevää vaikutusta, joten niiden rangaistukset ovat Suomessa verraten alhaiset? Taitaa olla sitä naisten logiikkaa."

Kaiho alkoi jo keräillä kamppeitaan Kirmon yhä taistellessa sen kanssa, miten asian esittäisi, sillä hän oli Kaihon kanssa samaa mieltä, että mettään men-

176

nään oikein kunnolla, sillä jo nyt poliisien voimavarat menivät kaikenlaisten turhien ilmoitusten tutkimiseen ja todelliset rikokset hautautuivat mappi Ö:hön. Jos Kaihon esittämän kaltainen lainsäädäntö tulee, niin ilman omaa erityistä vihapuhepoliisia jäävät muut rikokset lähes kokonaan tutkimatta puhumattakaan selvittämisestä. Hän oli juuri avaamassa sanaisen arkkunsa, kun Kaiho jatkoi:

"Mutta nyt kalat kutsuivat, herra komisario. Seuraavalla kerralla saat tarjota kahvit ja kampaviinerit, sellaiset, joita te miitingeissänne tapaatte syödä. Terve vaan Kirmo!" teräsvaari lopetti jutustelunsa ja kirmasi joen rantaan kaloja narraamaan.

Kirmo on niin täpinöissään, että vasta Kaihon jo ollessa matkalla, hän huudahti:

"Kiitos hyvä ystävä, arvokkaista tiedoistasi!" Hän suuntasi autolleen ja koska oli nyt täysin hereillä päätti ajaa suoraa työpaikalle. Ensimmäiseksi sinne saavuttuaan hän pyysi Hillevin avukseen ja he aloittivat aivoriihen siitä, miten jatketaan ja miten varmistetaan tapaus nimeltä Heini Jutila.

31

Aivoriihen aluksi Kirmo kertoi näkemyksensä ja tietonsa Heini Jutilasta Hillevin kuunnellessa tarkkaavaisena ja tehden aina välillä täsmentäviä kysymyksiä. Kun Kirmo esitti vakavalla naamalla, että Heini oli tulisesti rakastunut nimenomaan juuri Kirmoon itseensä, Hillevi hirnahti epäuskoisena. Ja että Heini oli tehnyt sekä myrkkymurhat, tai oikeastaan yhden murhan ja toisen yrityksen, sekä ajanut Virven päälle saadakseen Kirmon pauloihinsa ja valtaansa. Mutta nopeasti Hillevi palautti sfinksin ilmeen sekä kuunteli vakavana, kun Kirmo päätti selostuksensa.

"Ikävä kyllä meillä on lähes pelkästään aihiotodisteita, ei meillä ole mitään konkreettista, jonka perusteella voisimme lyödä Heinille hilut kinttuihin niin kuin sanotaan. Jos saamme kotietsinnän tehtyä, niin saanemme vankempia todisteita, sillä jos hän on Myrkky-Heini, niin varmaan löytäisimme hänen kotoaan jotakin asiaa vahvistavaa ja oikeudessa kelpaavaa näyttöä. En usko, että pelkästään Heiskasen auton tutkiminen vielä vie asiaa eteenpäin."

Hillevi istui hetken hiljaa ja Kirmo kuvitteli hänen jo nukahtaneen kenties narkolepsian johdosta – Hillevi oli ottanut aikoinaan flunssarokotteen ja jotkut olivat siitä saaneet mainitun vaivan. Mutta ei Hillevillä mitään narkolepsiaa ollut, hän istui syvällisessä pohdinnassa ja virutti ja vanutti aivojaan kehittääkseen keinon, jolla he voisivat varmistaa Heinin syyllisyyden. Huomatessaan Hillevin otsan rypistyvän ja palautuvan rypyttömään tilaan aina vuoron perään, Kirmo oletti Hillevin todella vain tekevän aivotyötä, joten hän antoi tämän kaikessa rauhassa pohdiskella, sillä Kirmo tiesi myös tämän erinomaiset lahjat juttujen ratkaisemissa.

Yhtäkkiä Hillevin kasvojen ilme kirkastui ja hän huudahti innoissaan:

"Nyt tiedän, mitä teemme. Menemme CAF-salille, siellä on varmasti melkoinen kuhina ja hyörinä Maarjun pidättämisen takia, ja kuulustelemme vielä kerran kaikkia henkilökuntaan kuuluvia. Sinä kuulustelet Heiniä ja minä seuraan mitä tapahtuu. Jos sinun olettamuksesi pitää paikkansa, läsnäolosi tekee hänet varomattomaksi, niinpä voimme saada hänet lausumaan ja tekemään jotain varomatonta. Jos hän todella on Virven yliajaja, se varmasti tulee ilmi tuossa kuulustelussa. Lisäksi on parempi, että olemme salilla, joka on hänen kotikenttänsä – jos hakisimme hänet tänne, hän olisi varmasti enemmän varuillaan kuin saliympäristössä."

"Hyvä, tehdään niin", Kirmo totesi hetken tuumattuaan. "Varmistatko, että Heini on nyt töissä? Yleensä hän on siellä arkipäivisin tähän aikaan."

"Heti, kunhan vain saan tämän mahani liikkeelle, niin käyn kilauttamassa salille. Mutta ensin käyn kyllä WC:ssä."

Hillevin mentyä Kirmo jäi istumaan paikalleen. Ulospäin hän vaikutti melkoisen poissaolevalta, sillä hänen päässään pyörivät ajatukset veivät hänet aikojen taakse, kun nousi esiin Sören Kierkegaardin ajatus:

179

raskainta on elämä, jossa ei ole sisältöä.

Kirmo huomasi olevansa pahoillaan Heinin puolesta, mikäli Heini todella oletti, että elämän sisältö on aina joku toinen ja mikäli tämä kuvitteli, että elämän sisältö on täysin riippuvainen jostain toisesta henkilöstä tai asiasta tai olosuhteesta enemmän kuin hänestä itsestään.

Eivät ainakaan ulkoiset olosuhteet vaikuta olevan kovin ratkaisevia, tuumi Kirmo muistaessaan Ranskan, sen aikaisen mahtivaltion, Aurinkokuninkaan puolison Maria Teresian sanoneen kuolinvuoteellaan, oltuaan 23 vuotta Ranskan kuningattarena:

Sen jälkeen kun minusta tuli kuningatar, minulla on ollut vain yksi ainoa onnellinen päivä.

Niinpä niin, ilmeisesti onni ja onnellisuus ovat puhtaasti sisäinen ominaisuus.

Tähän Kirmon mietteet päättyivätkin, sillä Hillevi lyllersi sisään ja huudahti jo ovelta:

"Nyt on piru merrassa!"

Kirmo ponkaisi pystyyn tuoliltaan ja jäi tuijottamaan Hilleviä.

"Heinin kuulustelu on pakko unohtaa. Tai tietysti voidaan yrittää, vaikka tuskin siitä mitään järkevää tulee. Usko tai älä, mutta hän on tällä hetkellä tiukasti Hesperian sairaalassa, suljetulla osastolla. Hän on kuulemma mennyt sekaisin. Enempää salin esimies Jari ei suostunut kertomaan, koska se on "poliisiasia".

"Mitä ihmettä? Oikeasti?" Kirmo ei käsittänyt mistään mitään.

"Minä tietysti heti soitin järjestyspoliisiin, ja sieltä kuulin, mitä oli tapahtunut. Heini oli pannut

pystyyn melkoisen show'n. Erästä maahanmuutta-
jaa, mies taisi olla irakilainen, oltiin palauttamassa
kotimaahansa Pasilan poliisikollegoiden voimin.
Poliisiauto oli lähdössä Pasilasta kohti lentokenttää
ja mies oli juuri saatu autoon, kun Heini hengenhei-
molaisineen järjesti ihmissulun laitoksen pihalle.
Heitä taisi olla kymmenkunta, etupäässä nuoria nai-
sia, ja he makailivat siinä pihassa eivätkä päästäneet
autoa lähtemään. Ensin heitä koetettiin taivutella
poistumaan hyvällä. Heille kerrottiin, että poistamis-
päätös on tehty kaikkien lakien ja sopimusten mu-
kaan eikä palautusta voida enää viivyttää eikä estää.
No, mikään ei tuntunut tehoavan, vaan siinä tämä
naisjoukkue makasi auton edessä, ja tietysti sadatteli
kirouksia poliisien niskaan."
    Hillevi veti henkeä ja parahti tiukasti:
    "Kaikkea me nykyään saamme kestää, minä oli-
sin kyllä ainakin paprikasuihkuttanut koko poru-
kan!"
    Kirmo myönteli ja hoputti sitten Hilleviä jatka-
maan.
    "Naisjoukko oli jatkanut huutamistaan ja meuh-
kaamistaan. Poliiseilla alkoi jo olla kiire kentälle, ja
he alkoivat kantaa noita mimmejä pois alta, mutta
silloin tämä meidän naispaholaisemme alkoi karjua,
hän ponkaisi seisomaan, hyökkäsi poliisien kimp-
puun ja alkoi hakata ja purra heitä. Raivoamistaan
hän oli säestänyt kihisemällä kuinka Jeesuskin käytti
ruoskaa silloin kun hävitti rahanlainaajat ja muut
epäsikiöt pois temppelistä. Sitten Heini oli jatkanut
kirkumista tyyliin "minä ajan teidät paholaiset takai-
sin helvettiin ja vapautan syyttömän miehen teidän
pauloistanne, minä olen tie, totuus ja elämä meidän

Herramme Jeesuksen nimissä, minä saan voimani taivaasta ja taivaan joukot tulevat avukseni, te Belsebuubin epäsikiöt, te... "

Siihen hänen äänensä oli kuulemma sortunut ja hän oli alkanut ulista kuin ihmissusi kuutamolla. Karjuminen oli muuttunut hysteeriseksi, ja raivokkaasti huitoen hän oli yrittänyt jatkaa mekkalointiaan ja hyökkäystään isojen vahvojen miesten kimppuun. Taivaalliset voimat eivät kutsuista huolimatta tulleet hänen avukseen vaan niin ystävällisesti kuin mahdollista poliisit lukitsivat hänen kätensä käsirautoihin. Hänet talutettiin sisälle Pasilan poliisitaloon, jonne saatiin pikaisesti myös ensihoitoyksiön lääkäri, joka määräsi, että hänet viedään Hesperiaan tutkittavaksi."

"No huhhuh", Kirmo puuskahti. "Enpä olisi uskonut, vaikka hänen psykiatrinsa kertoikin minulle hänen terveysongelmistaan, mutta en voinut kuvitellakaan, että ne olisivat noin vakavia. Heinillä on hänen lääkärinsä mukaan *feminam mente inordinatio*".

Diagnoosi sai Hillevin purskahtamaan nauruun, mutta hän vakavoitui sitten ja antoi Kirmon jatkaa.

"Onneksi tunnen Hesperian ylilääkärin, saan häneltä varmasti tiedot siitä, milloin ja miten voimme kuulustella Heiniä tarkemmin. Ei kai Heini sentään niin fiksu ole, että teeskentelee sairautta välttääkseen lain, siis meidän kouramme? Jospa hän on alkanut epäillä meidän olevan hänen kantapäillään?"

"Ei, se ei voi olla niin. Ylittäisi jopa Johanneksen älykkyyden teeskennellä sairautta ja viettää muutama aika turvassa sairaalassa. Siinä tapauksessa

182

meidän mahdollisuutemme saada hänet kiikkiin pienenisivät kuin se kuuluisa pyy maailman lopun edellä", Hillevi vastasi.

"Soitankin heti ylilääkäri Henrik Hyrkkäälle ja kysyn, mikä Heinin tilanne oikein on ja koska pääsemme kuulustelemaan. Meillä on täysi oikeus siihen, sillä aihetodisteemme ovat riittävän vankat tähän."

Tuumasta toimeen. Kirmo kilautti sairaalaan. Puhelun päätyttyä Kirmo kääntyi Hillevin puoleen, joka oivalsi heti, etteivät Kirmon saamat vastaukset tätä miellyttäneet, sillä Kirmon ilme oli kuin Kalle Tappisella juhlimisen jälkeisenä aamuna.

"Nyt se myrkyn lykkäsi, Heini on kuulemma kansankielellä sanottuna seinähullu, ja kadottanut tyystin kosketuksen reaalimaailmaan. Hän elää omissa sfääreissään, keskustelee Jumalan tai Jeesuksen kanssa eikä tajua tuon taivaallista maallisemmasta menosta. Ylilääkäri oli sitä mieltä, että sairaus on todellinen, että kukaan ei voi teeskennellä sellaista, hän korosti – ei kukaan – vaan Heini on todella sekaisin. Näin lyhyen ajan seurannan perusteella ei kuulemma voi tehdä vielä lopullisia analyysejä, varsinkin kun Heini on saanut reippaat annokset rauhoittavia, mutta hän, siis Henrik, kertoi oman käytännön kokemuksensa perusteella, että kauan menee Heinillä Hesperiassa."

Kirmo vaikutti masentuneelta, Hillevi ei ollut varma johtuiko se Kirmon tuntemasta empatiasta Heinin sairastumisen vuoksi vai siitä, että mahdollinen murhaaja pääsi pakoon maallista esivaltaa ja turvaan, tosin ehkä vankilaakin pahempaan paikkaan.

Aikansa päätään pyöriteltyään Kirmo ryhdistäytyi.

"Haluan joka tapauksessa varmistaa, onko Heini viaton vai syyllinen. Sen vuoksi ehdotan, että menemme suorittamaan kotietsinnän hänen kämpitsyynsä ja katsomme mitä sieltä löytyy. Haluatko mukaan? En jaksa nähdä vaivaa tehdä asiasta liian virallista, joten käytän virkavoimaa ja otan asuntoyhtiön isännöitsijän avaamaan oven. Tuskin isännöitsijä ymmärtää, ettei meillä ole virallista kotietsintälupaa. Tehdään asiasta sitten paragrafien mukainen, jos löydämme sieltä jotakin painavaa."

Hillevi, jolle oma-aloitteisuus oli aina tervetullutta ja joka oli aina ollut yhtä omapäinen kuin esimiehensäkin lähti kiljuen mukaan Heinin luokse, vaikkakaan asukas ei itse ollut paikalla.

He saapuivat Heinin kotitalon pihaan, jossa paikalle soitettu isännöitsijä jo odotteli. Tämän aukaistua heille oven ja Kirmon komennettua uteliaan miehen poistumaan, he aloittivat kotietsinnän.

Asunto oli kaksio. Kesti hetken, ennen kuin heidän silmänsä tottuivat pimeään kirkkaan auringonpaisteen jälkeen. Kirmo kopeloi seinää ennen kuin löysi eteisessä valot, ja he astuivat peremmälle. Ensivaikutelma oli tyrmäävä. Kaikki huonekalut olivat mustia, myös verhot ja matto. Olohuoneessa oli U-kirjaimen muotoinen sohvaryhmä sekä keskellä lasinen sohvapöytä. Takaseinän täytti suuri, mustapohjainen kuvakudos, joka oli kirjottu kullan-värisillä langoilla täyteen sekalaisia kiemuroita. Sohvalla lojui kaksi häränverenpunaista tyynyä. Tunnelma oli Hillevin mielestä "hyvin outo".

Jos olohuone oli musta, makuuhuone oli kokonaan valkoinen. Sen ainoana kalusteena oli sänky. Se oli suuri, kokonaan pyöreä, valkeaa nahkaa ja aivan keskellä huonetta. Katossa sängyn yläpuolella roikkui valtavan iso kimmeltävä kristallikruunu, seinät olivat täynnä eri muotoisia ja eri kokoisia, teräväreunaisia peilejä, jotka moninkertaistivat kristallien välähdykset.

"No jopas on", Kirmo henkäisi kauhistuneena. "Ja tänne minäkin olisin päätynyt, jos Heini olisi onnistunut."

Kirmo istahti typertyneenä sängyn laidalle. Hillevi jatkoi asunnon tutkimista. Hän löysi makuuhuoneesta oven, joka johti mitä ilmeisemmin vaatehuoneeseen. Hillevi avasi oven, napsautti katkaisijasta valot ja parkaisi.

Häikäisevän kirkkaat ledvalot paljastivat todellisen yllätyksen. Vaatehuoneen koko mutta ennen kaikkea sen sisältö oli jotain aivan muuta kuin tavallisesti. Vaatteita siellä ei ollut. Sen sijaan hyllyt olivat täynnä purkkeja, purtiloita, pulloja ja rasioita. Huoneen perälle pystytetyllä pöydällä oli sikin sokin kokoelma koeputkia, kuumentimia ja mitä kaikkea – vaatehuone oli kuin VTT:n koelabra pienoiskoossa, vaikutti siltä, että Heini olisikin ollut, ei suinkaan pappi, vaan laboratorion pääteknikko.

Hillevin kiljahdus oli herättänyt Kirmon painaismaisista ajatuksista, ja tämä ryntäsi mukaan tutkimaan, mitä kaikkea koehuoneesta löytyi.

"Myrkkykeiso, myrkkykatko, hullukaali, rohtosormustinkukka", Hillevi tavasi purkkien kyljissä näkyviä etikettejä, "ja risiini, sitähän on käytetty kansainvälisissä salamurhissakin!"

Nimekkeet paljastivat purkkien sisältävän erilaisten myrkyllisten kasvien uutetta tai jauhetta.

"Onko tässä meillä todisteet siitä, että Heini on kuin onkin CAF-salin myrkkymurhaaja?"

Kirmon päässä takoi, että kyllä oli. Hän huokaisi syvään helpottuneena, sillä vaikka tekijä olikin piilossa hourujen huoneessa, niin ainakin salikävijöiden turvallisuus oli nyt taattu.

Samassa Hillevi, joka oli tutkinut vaatehuonetta tarkemmin ja avannut hyllyjen alla olevan suuren muovilaatikon, huudahti:

"Katso Kirmo mitä täältä löytyy! Taitaa olla monitaitoinen nainen tuo Heini! Mahtaako hän olla myös energiajuomien myyjä? Täällähän on melkoinen arsenaali erivärisiä, erimallisia sekä erikokoisia pulloja, ainakin kymmeniä ellei enemmänkin. Mitä tuumit?"

Hymy karehteli Kirmolla suupielissä ja hän tunsi avoimesti iloa siitä, että juttu oli ratkennut, sillä hän oli aivan varma Heinin syyllisyydestä myrkkymurhaan ja yhden yritykseen.

Oliko Heini myös koettanut yliajaa Virven? Se täytyisi vielä varmistaa. Mutta se ei enää ollut niin tulenpalavan kiireen asia, sillä Virve oli turvassa ja nyt jo hyvässä kunnossa.

Kirmo muisti sangen hyvin Heinin lähentelyt sekä salilla käyntien yhteydessä että Lummehuoneessa. Alkuun hän ei ollut ottanut todesta psykiatri Auroran kertomusta. Että hän itse olikin ollut jonkinlainen kohde Heinin sielunelämässä. Että Heini olikin yrittänyt päästä eroon Virvestä ja myrkkyuhrit olivat vahinkoja vain?

Sen enempää Kirmon kuin Hillevinkään tehnyt mieli viipyä Heinin asunnossa yhtään pitempään kuin oli välttämättä. Tekniikka saisi tulla tutkimaan lisää.

"Sinä, kun olet niin erinomainen noissa hallinnollisissa asioissa, voisitko ottaa hoitaaksesi sen, että tehdään virallinen ja kaikkien taiteen sääntöjen mukainen tästä tapaus Heinistä ja kotitarkastuksesta?" Kirmo pyysi heidän ajaessaan takaisin kohti työmaata.

Hillevi huokaisi.

"Olet kultainen ja kiitos etukäteen", totesi Kirmo nopeasti ennen kuin Hillevi ehti sanoa mitään.

Hillevi nyökkäsi myöntävästi ja mietti samalla, että mitenkähän tuo Kirmo raukka löytää edes omia kalsareitaan ilman Virven apua, mutta jatkoi sitten:

"Meidän naistenhan tämä maailma on, ja sen järjestyksessä pitäminen nimenomaan meidän tehtävämme, eivät nuo miehet siihen pystyisikään."

32

Poliisikomisario Kirmo Vakava istui nimensä mukaisesti vakavana työpöytänsä ääressä kauniina auringonpaisteisena aamuna. Hän koki levänneensä varsin hyvin viime yönä ja hän oli onnellinen siitä, että rakas persaus, Virve, oli toipunut yliajon aiheuttamista vaurioista erinomaisesti ja alkoi jo kyetä liikkumaan ja sen seurauksena alkanut hinguta salille jumppailemaan. Kirmon ilmeen vakavuus ei siis johtunut suinkaan väsymyksestä eikä perhehuolista vaan taustalla oli syvällisempi pohdinta, ehkäpä eräänlainen ikuinen kysymys.

"Mikä on ihmiselämän tarkoitus? Miksi oikein olemme täällä? Miten voidaan mitata ihmisyyden olemusta? Kun usein ihmisellä on sisimmässään iäisyyden kaipuu, joka ilmenee oletuksena kuolemanjälkeisestä elämästä, jonka väitetään olevan palkinto hyvin elämisestä, onko se meidän päämäärämme? Entä jos mitään toista elämää ei olekaan?"

Hänelle välähti mieleen Gunnar Gunnarssonin "Autuaita ovat yksinkertaiset" -teoksen päähenkilön Jon Oddssonin pohdinnat, joissa tämä kiteyttää vastauksen.

Jos ainoa jumaluuden ilmaus onkin se hyvyys ja rakkaus, jonka voimme kehittää omassa sydämessämme, niin eikö kaikki viisaus voida kiteyttää yksinkertaisesti: Olkaa hyviä toisillenne.

"No, suuri mestari Leo Tolstoi esitti samansuuntaisia ajatuksia omissa teoksissaan ja monet muutkin ovat vieneet ajatuksensa samoille laduille.

Mutta jos Jon Oddssonin kiteytetty viisaus piti paikkansa, miksi sen soveltaminen elämässä on niin vaikeata? Miksemme voi toimia hyvin? Oliko tilanne ollut sama ennenkin? Jo William Shakespeare laittoi Venetsian kauppiaassa Portian suuhun mietelmän.

On paljon helpompaa opettaa kahdellekymmenelle, miten toimia hyvin ja oikein kuin olla itse noiden kahdenkymmenen joukossa, jotka noudattavat omia opetuksiaan.

Ei siis voi johtua pelkästään siitä, että olisi vaikea määritellä hyvää toimintaa. Ihmisen perustarpeet ovat kaikkialla lähes samat tai ainakin riittävän samanlaiset, toiveet ja unelmatkin ovat hyvin samansisältöisiä. Mikä erottaa hyvin tekemisen Ghanassa ja Suomessa? Miten eroaa toiselle hyvänä oleminen Argentiinassa ja Tanskassa?"

Kirmon pää tuntui halkeavan, sillä hän ei tahtonut löytää ratkaisua tähän häntä pitkään vaivanneeseen ongelmaan. Se häiritsi häntä, eikä ajatus oikein aikonut lentää muuallekaan. Hän hieroi ohimoitaan ja pohti jo, että pitäisikö mennä Lummehuoneen rauhaan vähän vetämään henkeä ja odottamaan, että saisi ratkaistua visaisen ongelman, jota viisaat miehet ja naiset ovat koettaneet ratkaista jo muutamia tuhansia vuosia.

Hän oli juuri nousemassa tuoliltaan sutiakseen tiehensä, kun työhuoneen ovi aukeni ja Hillevi vyöryi sisään.

"Jäipä taas yksi juttu kesken. Hesperiasta juuri soitettiin ja kerrottiin, että Heini on pysyvästi hullu, tai ainakin määrittelemättömän ajan."

Kirmo nosti katseensa ja vaikutti jopa hymyilevän.

"Toisaalta on sangen sama, onko hän Hesperian suljetulla osastolla vai Hämeenlinnan naisvankilassa. Ainakin minä saan olla rauhassa tuolta seireeniltä ja salikäynnitkin ovat turvallisempia kaikille siellä kävijöille. Se minulle on valjennut, kuinka myrkkypullo joutui Marjukka Mäelle. Mutta se minua jäi hieman vaivaamaan, että missä vaiheessa Heini vaihtoi Tiina Mämmin juomapullon myrkkypulloon."

Hillevi naurahti.

"Kyllä näkee, ettet oikein tajua naisten elämää. Kun naiset tulevat jumppaan, kaikilla on usein kiire, he häsäävät ja bäsäävät pukkarissa niin edestakaisin, että siinä rytäkässä voi tehdä vaikka mitä operaatioita eivätkä ladyt huomaa mitään. Tämä ei johdu naisten luonteesta vaan siitä, että pukkari tuolla salilla on ruuhka-aikaan ahdas ja kaapit ovat tosi vierekkäin. Kyllä näppäräsorminen Heini pystyi vaihtamaan muutaman juomapullon toisiinsa siellä – eikä mitään ihmeellistä ole siinä, jos siinä vaiheessa on kädessä treenausta varten tarvittavat käsineet."

Kirmo kuunteli epäillen, mutta kun Hillevi esitti asian niinkin vakuuttavasti, hän alkoi uskoa näin tapahtuneen.

"Lopullista varmuutta emme kuitenkaan asiaan saa ennen kuin voimme kuulustella Heiniä, ja siihen mennee aikaa. Mutta olen kärsivällinen ja jaksan odottaa hänen toipumistaan.

Hillevi poistui niine hyvineen. Kirmo oli juuri vaipumaisillaan takaisin perimmäisten kysymysten pohtimiseen, kun hänen kännynsä pirahti. Hän katsoi soittajaa, hänen kasvoilleen levisi iloinen ilme ja hän huudahti:

"Ciao Andrea, Come stai?"